集英社オレンジ文庫

幕末舞妓、なみ香の秘密

奈波はるか

本書は書き下ろしです。

目次

イラスト／柴田純与

幕末舞妓、
なみ香の秘密

くろ谷

京都御所《きょうとごしょ》から二キロほど東に、黒谷《くろだに》と呼ばれる丘がある。その丘にある古刹《こさつ》、金戒光明寺《こんかいこうみょうじ》は、幕末の動乱期、新選組を配下に置いた京都守護職が本陣を構えた寺として知られている。

尊皇攘夷《そんのうじょうい》と称して行われる暗殺、放火、略奪から京都の町と朝廷を守るために、引き受け手がなかった京都守護職に命じられたのは、会津《あいづ》藩の若き藩主、松平肥後守容保《まつだいらひごのかみかたもり》二十六歳であった。

現在、金戒光明寺の境内《けいだい》を歩くと、「会津墓地《あいづぼち》」と呼ばれる一角がある。京都へ骨を埋める覚悟で上洛した容保は、入洛するとまもなく墓地を定めたという。それが、この「会津墓地」である。

第一章

伝説の舞妓

「貴史《たかし》、いつまで寝てんねん。早《はよ》う起きてんか。みんな起きてるえ。あんただけやで」

母に起こされた。

「今、何時？」

「六時半や」

「早いよー。日曜日くらい、ゆっくり寝かせてよー」

「なにいうてんのや。今日は鈴香《すずか》ちゃんのお店だしやないの。あんた、ビデオ係やろ」

あ、そうだった。

一瞬で目が覚めた。ガバッと身体を起こす。

「天気は？」

「ええ天気え」

母がカーテンをあけた。

朝の光が部屋の中に差しこんでくる。ほんとにいい天気だ。

今は六月の半《なか》ば。梅雨《つゆ》に入ってしばらく雨降りが続いていたけど、今日は晴れたね。

母はすでに髪をアップに結って、浅黄色の一つ紋の無地の着物を着ている。ということは、髪結いさんへいったのは朝の五時くらいかもね。

「みんな朝ご飯すんださかい、あんたは勝手に食べてな」

「了解」

パジャマから白い半袖のTシャツに青いスクールジャージーのズボンに着がえる。

母の姿はもうなかった。母屋へ戻ったのだ。

ここは京都は祇園町《ぎおんまち》南側にあるお茶屋兼置屋《おきや》、鈴乃家《すずのや》の離れ。離れに住んでいるのはぼくだけだ。母や芸舞妓《げいまいこ》さんたちは母屋で生活している。

「お茶屋」というのは、芸舞妓と遊ぶお座敷を提供する店で、「置屋」というのは、芸舞妓を育ててお座敷へ派遣するのが仕事だ。今の芸能プロダクションと似ている。一軒で両方を兼ねている店も多い。鈴乃家もお茶屋兼置屋だ。

ぼくは鈴乃家のひとり息子、小野《おの》貴史。市内の高校一年生。母の小野久子《ひさこ》が鈴乃家の女将《おかみ》だ。父親はいない。死んだのか離婚したのか、それとも最初からシングルマザーで出産したのか、そのへんの詳しいことは聞いていない。いつか聞いてやろうとは思っている。

今日は鈴香ちゃんの「お店だし」だ。鈴香ちゃんは、うちで舞妓さんになるために修業している少女だ。「お店だし」というのは、正式に舞妓としてデビューするお披露目のことで、祇園町の場合は三日間続く。

舞妓さん志望の少女は、一般的に中学を卒業すると置屋へ入って、先輩の芸舞妓さんと寝食をともにして、舞、三味線、花街言葉、茶道、立ち居振る舞いなどを教わる。いろいろ仕こまれるので、この期間の少女たちは「仕こみさん」と呼ばれる。仕こまれる芸事の中でも舞は重要で、「お座敷で舞ってもいい」とお師匠さんが判断すると、お店だしすることができる。お店だしまでの修業期間は人によって違うけど、だいたい一年くらいだ。

修業中は実家に帰ることもできず、ひたすら舞妓になるため、稽古《けいこ》に励む。置屋によっても異なるけど、ケータイも持たせてもらえないところもある。ひと昔前は、四条大橋《しじょうおおはし》を渡ることも許されなかったと聞く。「四条大橋を渡る＝河原町《かわらまち》へショッピングやおいしいものを食べにでかける」という意味が含まれているから、そういう個人的な楽しみは許されなかった、ということだ。今は、そんなこともないみたいだけどね。

お店だしが決まると、実際に舞妓の格好をしてお座敷へでて、実地訓練をする。訓練期間は一カ月ほど。このときは「見習いさん」と呼ばれて、帯をだらりの帯の半分の長さに結ぶので、見たらすぐにわかる。「だらり」というのは、背中に長く垂《た》れたように結ぶ舞妓さん独特の帯結びだ。これに対して見習いさんが結ぶのは「半だらり」。

　お店だしは、舞妓さん本人はもちろんのこと、屋形にとっても晴れがましい行事だ。「屋形」というのは置屋のことだ。でも、それだけじゃない。祇園町にとってもうれしいことだから、町中こぞってお祝いする。というわけで、今日はぼくまで浮き浮きしている。

　急いで朝ご飯を食べないとね。

　母屋の茶の間へいくと、みんな忙しそうにしている。ぼくがうろちょろしたら邪魔だから、いつもなら茶の間で食べるご飯を、今日は台所で食べることにした。

　先輩の舞妓さんたちは、鈴香ちゃんの部屋で化粧の手伝いをしているという。舞妓の化粧は、普通は自分で全部やる。でも、店だしのときは先輩が手伝う。本人はまだ化粧に慣れていないからね。

　朝ご飯を食べ終わって一休みしたところで、お座敷で「固めの杯《さかずき》」が始まった。これは、引いてくれたねえさん芸妓《げいこ》と姉妹になる杯を交わす儀式だ。「引いてくれたねえさん芸妓」というのは、その舞妓さんのお世話をしてくれる芸妓さんのことで、ふたりは「花街での姉妹」になるので、これから姉妹としてよろしく、と杯を交わすのだ。妹舞妓はねえさん芸妓を頼りにし、ねえさん芸妓のほうは、妹舞妓の気になったことを注意したり、かんざしを買ってやったりする。ねえさん芸妓なしでデビューする舞妓さんもいるから、ねえさんがいないと舞妓になれない、ということはないらしい。

鈴香ちゃんを引いたのは、うちの芸妓のゆり香《か》さんねえさんだ。引いてくれる芸妓さんが、よその屋形の芸妓さん、という場合もある。

ちなみに、花街では、先輩のねえさんのことを「××さんねえさん」と呼ぶ。「ゆり香ねえさん」とは呼ばない。どうしてなのか理由は知らない。より丁寧に呼ぶことによって、先輩への敬意を表している、ということなのかな。

そろそろ固めの杯が終わるころかな。

終わると、鈴香ちゃんとゆり香さんねえさんは、男衆《おとこし》さんに連れられて、玄関からでてくる。「男衆」というのは、花街を支える男性たちのことで、主に芸舞妓さんたちの着付けを受け持っている。舞妓の帯は丸帯といって、裏表に同じ模様が織られているために重たい。おまけに「だらり」にするから長い。五メートル以上はある。

着物も裾《すそ》を引くから、普通の着物より丈が長い。そんな着物と帯を着付けするときに、女の手より男の手のほうがよく締まってきれいで長持ちするといわれている。男衆さんたちは、毎日時間になると置屋を巡回して、芸舞妓さんたちの着付けをするのだ。お店だしの挨拶《あいさつ》まわりで先導役となって舞妓を連れ歩くのも、男衆さんの仕事だ。

お店だしのときは、この男衆さんに連れられて、舞妓さんはお茶屋、置屋、料理店など、これからお世話になるところを挨拶してまわる。近まわりは歩いて、少し離れたところは車を使って。

ぼくは、この歩いてまわる分の挨拶まわりを録画するように、と母からいわれているのだ。

今日、晴れでよかったよ。

スクールジャージーをカーキのコットンパンツにはきかえて、Tシャツの上に半袖の生成《きなり》ジャケットを羽織った。ビデオカメラを持って玄関へ向かう。

玄関に向かう廊下には、お祝いの目録《もくろく》がたくさん貼られている。

これを見ると、否が応にもお祝い気分が盛りあがる。

「目録」というのは、お客様が新しい舞妓の誕生を祝って贈ってくれる大きな絵で、サイズは模造紙一枚くらい。鯛《たい》や大黒さんや米俵、鼓《つづみ》など、おめでたいものがカラーで描かれている。「鈴香さん江　清右衛門《せいえもん》より」などと贈り主の名前も書かれていて、贈り主は、歌舞伎《かぶき》役者さん、政治家、実業家と、ぼくでも知ってる名前ばかりだ。この目録の絵は、職人さんが一枚一枚筆で描く。描ける人がひとりしかいない、と聞いたことがあるけど、後継者はできたんだろうか。

挨拶まわりにいくときは、ねえさん芸妓に連れられた舞妓はこの目録のトンネルのような廊下を必ず通って、玄関から外へでてくる。暖簾《のれん》から顔をだすときがシャッターチャンスだ。真新しいおこぼを初めて外へだすときの舞妓さんの第一歩だからね。この瞬間を狙ってるのは、ぼくだけじゃない。舞妓ファンのカメラおじさんたちが、玄関前には集まっているはずだ。

そろそろっと玄関の引き戸をあけてみる。

予想はしていたけど、改めて数の多さにびっくりだ。今日は日曜日だからね、そのせいかもしれない。パッと見ただけで二十人以上いる。ほとんどが中年以上の男性で、みんなハイグレードのカメラを持っている。

玄関からでてきたのが舞妓さんじゃなかったので、みんながっかりしているのが手に取るようにわかる。

ぼくもカメラおじさんの中に紛れて、逆光にならない位置を確保した。

ゆり香さんねえさんと鈴香ちゃんがいつでてきてもいいようにビデオカメラをスタンバイして、待つこと二十分ほど。玄関の引き戸の向こうに人影が見える。もうじきでてくるぞ、とカメラおじさんたちも色めきたつ。

ビデオのスイッチオン。録画開始。

ついに、玄関から男衆さんがでてきた。黒っぽい着物と羽織を着ている。この男衆さんは鈴乃家の芸舞妓の着付けをやってくれている人で、六十歳を越えていると思う。

男衆さんのあとから芸妓のゆり香さんねえさんがでてきた。一斉にカメラのシャッター音が響く。

この日はゆり香さんねえさんも黒紋付きの正装だから、普段のお座敷着とは雰囲気がまるで違う。

ゆり香さんねえさんがお座敷にいくところはしょっちゅう見ているけど、今日はため息がでるほどきれいだ。黒い着物に白い化粧が映《は》えて、赤い長襦袢《じゅばん》の裾が艶《あで》やかだねー。

ちなみに、現代では、舞妓さんの髷《まげ》は地毛で結ってるけど、芸妓さんの髷は鬘《かつら》だ。

舞妓をやってから引き続いて芸妓になる人と、舞妓をやらないでいきなりなる人と、ふたとおりある。ゆり香さんねえさんは舞妓をやって芸妓になった人だ。

カメラおじさんたちのどよめきが聞こえる。暖簾の下に舞妓のおこぼが現れたのだ。

暖簾が割れて、鈴香ちゃんが顔をだした。カメラの多さに驚いている。

昨日までは見習いさんとして「半だらり」の帯を締めていたのが、今日から「本だらり」だからね。身が引き締まる思いだろう。

恥ずかしそうだけど、うれしそうにほほ笑むと、鈴香ちゃんはおこぼで敷居をまたいだ。ゆっくり、花街での第一歩を確かめるように。

この瞬間を、みんな待ち構えていたのだ。シャッター音が響きわたる。

お店だしの舞妓は、黒の五つ紋の正装をして、このときだけの特別な髷と特別なかんざしを挿している。普段は羽二重《はぶたえ》でできた花かんざしを挿すけど、お店だしでは鼈甲《べっこう》でできたものを使う。髷の後ろに銀色のしっぽみたいな「みおくり」という飾りをつけて、普通は右側にしかつけない銀ビラを左右につけている。「みおくり」も左右の銀ビラも、お店だしのときだけの仕様だ。文句なしに豪華だ。「銀ビラ」とは、文字どおり銀でできたビラビラしたかんざしだ。舞妓が動くと揺れて光る。

絹の着物に鼈甲と銀のかんざし。舞妓さんは最高級の歩く日本人形だ、といってもいい。

男衆さんの先導で、挨拶まわりが始まった。まず、祇園町南側からだ。

ギャラリーもあとについて移動する。

祇園町は四条《しじょう》通を挟んで南側と北側があって、真ん中あたりを花見小路《はなみこうじ》が南北に通っている。ぼくの家、鈴乃家は南側にある。

絵になりそうな構図を考えながらビデオカメラをまわす。

「鈴乃家の鈴香ちゃん、お店だしでーす。よろしゅう、おたの申します」

お茶屋の玄関先で中に向かっていう男衆さんの声が、外にいるぼくたちにもよく聞こえる。訪問されたお茶屋では女将がでて、お祝いの言葉をかける。

「おめでとうさんどす。かいらしい舞妓はんやわ。ええ舞妓はんになっとくれやす」

「おおきに。おかあはん。よろしゅう、おたの申します」

鈴香ちゃんも可愛い声でいう。

「おかあはん」というのは女将のことだ。花街では、お茶屋や置屋、料亭、旅館の女将のことを「おかあはん」もしくは「おかあさん」と呼ぶ。

挨拶まわりについていくうちに、カメラおじさんたちの数が少しずつ減っていく。最後までついてまわったら一時間近くかかるから、みんな、お気に入りの一枚が撮れたら、もういいや、ということかもね。

ぼくは、鈴香ちゃんにくっついて、久しぶりに祇園町の中を歩いた気がする。いつも通る道は決まっているから、近所なのにこんなにくまなく歩くことは滅多にない。へえ、こんなところにお稲荷《いなり》さんがあるんだ、と驚くこともあった。

カメラおじさんの中に、知りあいの顔を見つけた。二浦《にうら》さんという七十代のおじさまだ。細いジーンズを小粋にはきこなして、一眼レフを首からさげて、カッコいい。祇園町北側にある鮮魚店のご隠居さんで、今は息子さんに店を任せて、自分は趣味を楽しんでいる。

顔見知りだから、言葉を交わすうちに並んで歩いていた。

祇園町北側の辰巳稲荷《たつみいなり》がある白川南通《しらかわみなみ》を歩いていたときだ。二浦さんがいう。

「この通りにもほんまはお茶屋がずらりと並んでたんえ」

それは聞いたことがある。空襲で火事になったときのことを考えて、延焼を食いとめるために前もって白川に沿って居並ぶお茶屋を壊したんだそうだ。

「今は道になってるところや。戦争で変わってしもうたんやなぁ」

戦争というのは太平洋戦争のことだ。

「昔と今と比べると、いろいろ違いがわかって面白いで。あんたんとこも、明治《めいじ》に入って道路作るいうて移転させられてるしな」

聞いたことはなかったけど、そうなんだ。

二浦さんが、なにか思いだしたようにいう。

「せやせや、昔、鈴乃家はんには有名な舞妓はんがいたなぁ。ぼんも知ってるやろ。伝説の舞妓、いわれてる舞妓はんや」

伝説の舞妓？

だれのことだろう、と考えてみるけど思い浮かばない。

「聞いたことないか？」

「聞いてませんけど、昔って、いつごろのことですか？」

「幕末や」

幕末のころには鈴乃家はあったけど、そのころの舞妓さんの話は聞いたことはない。

「その当時、八百人いた芸舞妓のナンバーワンやった、いうことやで」

「八百人？　芸舞妓がそんなにたくさんいたんですか」

そのナンバーワンとは、すごいね。

「今の祇園町は芸舞妓が八十人くらいやから、十倍やな。けど八百人で驚いたらアカンで。祇園町が一番隆盛を極めたのは江戸《えど》時代の文化文政《ぶんかぶんせい》のころやけどな、そのときは、なんとお茶屋は七百軒、芸舞妓は三千人いたということや」

三千人？　どひゃー、そんなにたくさんの芸舞妓がいたなんて、想像できないよ。

「すごい数ですね。それだけ遊ぶ人、というか八坂《やさか》さんの参詣《さんけい》客が多かった、ということですか」

「表向きは参詣いうことで、実は遊びにきていたんやろな」

鈴乃家を含めて、祇園町のお茶屋は、八坂神社の門前で参詣客にお茶をだす水茶屋が起源だ。いわゆる「茶店」だね。最初はお茶だけだしていたのが、茶菓子や酒もだすようになる。やがて、それに加えて女の子が歌舞音曲《かぶおんぎょく》を披露するようになって、現在の祇園町へとつながっていく。

「鈴乃家の人気舞妓はん、美人で歌をうまいこと詠《よ》んだらしいわ。小野小町《おののこまち》の生まれ変わりや、って評判でな、なかなか予約が取れへん。しびれを切らした客が、ひと目見るだけでええから、いうて店の前は黒山の人だかりや。そのうちに交通整理やら飴《あめ》売りやら饅《まん》頭《じゅう》売りが現れて、行列がでけたそうや。行列に並んでも、顔を拝むのに三日かかった、いう話が残ってるんやから、すごいわー」

そんな舞妓さんが鈴乃家にいたのか。

「その舞妓はんがやめると今度は妹が舞妓になってな、妹もやっぱり行列がでけた、いう話やで。家付き娘やったらしいさかい、あんたと血ぃがつながってるんかもしれへんで」

二浦さんは、改めてぼくを見る。

「家付き娘」というのは、よそからやって来た娘ではなく、その置屋で生まれた娘のことだ。ぼくの母も祖母も舞妓だったから、母は家付き娘だ。でも、祖母より前は、どうだったのか聞いたことはない。

「あんたの家に、その舞妓姉妹の絵姿とか写真とか、残ってえへんか?」

ぼくは首を傾げる。あるなら、ぼくも見たいよ。

「あるかどうか母に聞いてみます」

「わかったら教えてな」

二浦さんと話しながら鈴香ちゃんを追っかけているあいだに、祇園町の挨拶まわりは終わり、これから少し遠くへいく、ということで鈴香ちゃんと男衆さんは四条《しじょう》大和《やまと》大路《おおじ》の南座《みなみざ》近くでタクシーへ乗りこんだ。

ぼくの追跡もここで終わり。二浦さんと別れて、花見小路の家へ戻った。

家にはだれもいなかった。お祝いの昼膳を食べるために、みんな料亭へいってるんだろう。ぼくも誘われたけど、女性ばかりだから遠慮した。それより、あとで母になにかおごってもらうほうが気が楽だ。

鈴香ちゃんの追っかけをやってビデオをまわして、疲れたよ。

Tシャツとジャージーのズボンに着がえて、畳の上にごろんとひっくりかえる。手近にあった本を手にとった。学校の図書室から借りてきている幕末関連本だ。実は今、幕末にはまっている。はまった理由は、墓参りだ。うちの墓は江戸時代の正徳《しょうとく》あたりから現在に至るまでたくさん並んでいる。墓石に彫れている年号が気になって、調べ始めたのが去年の夏休みだった。判別できないものもあるけど、読めるものは嘉永《かえい》、安政《あんせい》、万延《まんえん》、文久《ぶんきゅう》、元治《げんじ》、慶応《けいおう》などの、いわゆる「幕末」だ。

最初は年号を調べていただけだったのに、面白くて年号だけには終わらず、幕末から明《めい》治《じ》維新《いしん》までの日本の歴史にどっぷりはまってしまったのだった。小説からノンフィクションまで、学校や区の図書館で借りて読みまくったから、幕末にはちょっと詳しいんだ。

今読んでいるのは、明治維新を新しい切り口で解釈したノンフィクションだ。学校で習った明治維新は、新しい日本の夜明け、みたいなイメージだったのに、実はそうでもない、という説で、読んでいくと驚くことばかりだ。

寝ながら本を読んでいると、二階からだれかおりてきた。だれもいないと思っていたら、二階にいたんだ。

芸妓のふみ香《か》さんねえさんだった。

「みんなと一緒じゃなかったの？」

寝転がったままたずねる。

「うちだけ仕事やねん。ご贔屓《ひいき》さんのご指名やし断れへんにゃ」

ねえさんは髪をアップにまとめて、紺色の着物を着ている。水辺でおしどりの夫婦が遊んでいる裾模様が描かれている単衣《ひとえ》で、帯の色は生成。お太鼓の真ん中に、群れをなして泳ぐ小魚が墨絵のように描かれている。

「その着物、ステキだね」

ねえさんの顔がパッと輝く。

「うれしいわー。実はな、お花つけてくれはってるんが、うちの好っきなお客様なんやわ。

せやし、気張っておしゃれしたんえ」

なるほどね。芸舞妓さんたちだって人間だ。好きなお客様、そうでもないお客様、があるみたいだよ。

そうだ、ねえさんは知ってるんだろうか。さっき二浦さんに聞いた鈴乃家の「伝説の舞妓」について。

寝転がっていたぼくは上体を起こした。

「ねえ、幕末のころに、鈴乃家にめっちゃ人気の舞妓の姉妹がいたって知ってる？」

「知ってるえ」

うぉー、ねえさんも知ってるんだ。

「なんて名前の舞妓さん？」

「なんやったかな、聞いたけど忘れたわ。うちと同じ香ぁがつくことは覚えてるんやけど」

「思いだしてよ。知りたい」

「おかあはんに聞いたらええやないの。うちはおかあはんから聞いたんやし」

あ、そうなんだ。母は知ってるんだ。

「それじゃ、母に聞いてみるよ」

「あ、そうやった。おかあはんからたかちゃんに伝言え」

「なに？」

「胡弓《こきゅう》の稽古、忘れずにいきなはれって」

あ、そうか。今日は胡弓の稽古があるんだった。

「お店だしのドタバタで忘れてたよ」

「せやろ。忘れるんちゃうか、っておかあはんが心配してはったえ」

「忘れずにいくよ」

なにか一芸を身につけたほうがいいという屋形の方針で、昔から鈴乃家の芸舞妓さんたちは胡弓を稽古しているのだ。小さいころ、みんなが稽古しているのを聞いて、ぼくもやりたくなった。

「ほんなら、あんたも稽古してみるか」と母がいうので、稽古を始めたのが幼稚園のときだ。ときどき中断したけど、十年近くやっている。一番長く続いている習い事だ。三味線も習ったことはあるけど、胡弓のほうが上手。

今、稽古しているのは、京都民謡『竹田の子守歌』。

胡弓というのは、形は三味線にそっくりだけど、サイズが小さい。膝《ひざ》の上に立てて演奏する。三味線と大きく違うのは、撥《ばち》で弦をはじかないで、馬の毛でできた弓で、バイオリンのように擦《こす》って音をだすことだ。音も、三味線よりバイオリンに似ている。音色がなんとも哀愁《あいしゅう》を帯びていて、そこがぼくは好きなんだよね。

師匠は近所に住んでいる祖母だ。週に一回、三十分、稽古をつけてもらっている。祖母は舞妓だったときに、胡弓の名手といわれていたそうだ。

稽古は午後の四時からの予定だから、それまでに少し練習できるな。

ぼくは玄関までついていって見送る。ふみ香さんねえさんは、土間へおりて格子戸《こうしど》をあける。これから仕事だ。

「ほしたら、いってくるえ」

「いってらっしゃい」

こういうとき、京言葉なら、「いっといでやす」になるけど、ぼくは基本、京言葉を使わない。祖父、つまり母の父親が関東の人間だった影響だ。おじいちゃんっこだったぼくは、祖父の言葉遣いをまねて育ったために、今でも普通に話すと関東風の話し方になる。京言葉も花街言葉も、使おうと思えば使えるけどね。

ふみ香さんねえさんがでていくのを見送る。

ねえさんは背は高くはないけど、背筋をピンと伸ばして歩く姿は、見とれるほどカッコいい。一般の女性が着物を着てもこうはならない。なにが違うのかわからないけど、芸妓の意地が後ろ姿にも表れるのだろうか。芸妓さんには「ハンサムウーマン」という言葉が似あうな、とよく思う。

ふみ香さんねえさんがでていった玄関に鍵をかけて戻る。

二浦さんがいってた伝説の舞妓のこと、ふみ香さんねえさんも知っていたよ。

そういえば、物置部屋には、古い書類や名簿が残っているのを見たことがある。幕末までさかのぼれるかどうかわからないけど、探してみたら、なにかわかるかもしれない。

物置部屋は二階の一番奥の部屋で、昔の調度品とか、本、掛け軸などが保存してある。なにがあるのか詳しいことは知らないけど、母にいわせると、どれもご先祖様から預かった大切なものなんだそうだ。伝説の舞妓についてなにか手がかりが見つかるかもしれないと思って、滅多に入ったことのない物置部屋に向かった。

引き戸をあけると、プンと昔の臭いがする。ホコリや本の紙が古くなった臭いだ。

明かりをつける。

裸電球がひとつ、天井からぶらさがっているだけだ。

八畳ほどの板の間に、壁に作り付けの棚が床から天井まであって、棚には大小の木箱が並んでいる。木箱には大正《たいしょう》、明治など年号が墨で書かれているから、いつのものかひと目でわかる。天井近くに慶応と書かれた木箱があった。

慶応は幕末だよね。中になにが入っているのか見たい。

あたりを見ると、折りたたんだ脚立が入り口近くの壁に立てかけてある。スチール製の三段式のやつだ。

脚立を開いて棚の前に置くと、ゆっくりあがっていく。

慶応と書かれた木箱に手を伸ばした。

電球が頭にぶつかって邪魔だな、と思ったとき、足が滑った。

脚立から滑り落ちる。ズルリッと。落ちる瞬間が、スローモーションのようにはっきりとわかった。

と、次の瞬間、あたりが真っ暗になって、ゴーッという地鳴りのような音がする。どういうことなんだよ。

普通は、滑ったら床に落ちて「ドスン、あいた!」となるのに、ならない。

なんで?　めっちゃ変だよ。

ゴーッという音がだんだん大きくなって、ぼくを取り巻く。

なんなんだ、これは!

竜巻?　地鳴り?　聞いたこともない音だ。

恐ろしい音にこれ以上耐えられない!　と思ったところまでは覚えている。

それから先は……。

第二章　ここは、どこなんだろう

眼をあけると真っ暗だった。なにも見えない。

でも、ぼくは生きてるよ！　よかったー。

脚立から落ちただけなのに、まるで底なし穴に落ちるみたいで、死ぬのかと思ったよー。

暗い中を起きあがる。身体の痛いところは特にない。

ここは物置部屋のはずだけど、電気が消えたのだろうか。

一筋、明かりが見える。あそこが出入り口だろう。

手探りで引き戸を見つけると、あけて外を見た。廊下がある。

鈴乃家《すずのや》の廊下には違いないのに、なにかが違うぞ。

なんだろう、と思って気がついた。廊下も柱も、天井も、木が古くさいのだ。それに、
天井には電灯がついていない。

おかしいなー、と思って廊下を通って階下へおりた。

茶の間へ入ると、なんだこりゃ、だった。

家具や調度品がまるで違う。時代劇のセットみたいに行灯《あんどん》があって、天井からさがっているはずの電灯はない。捕物帖《とりものちょう》のドラマにでてくるような長火鉢が置いてあって、掛け時計やテレビや扇風機、エアコンなど、いつも使っているものはひとつもない。

時代劇でも撮影してるのだろうか。

廊下や茶の間の間取りは鈴乃家と同じだけど、木造の柱や床板や天井は、かなり年季が入っている。

なんなんだ、これは？

うーん、と考えていると、奥に通じている襖《ふすま》が勢いよくあいた。

ドッキーン！　だれもいないと思っていたので、心臓が口から飛びだすんじゃないかと思うくらい驚いた。

「ここでなにしてるんや！」

甲高《かんだか》い声が飛ぶ。

この声にも飛びあがりそうになったよ。

なんでそんなに怒鳴られるのかわからないよ。だれなんだ、この女性は。

立っているのは六十歳くらいの女性だった。見たことがない顔だ。

暗い色の着物を着て、鋭い眼でぼくをにらみつけている。痩《や》せているけど骨格は頑丈そうだ。驚いたことに、女性は髷《まげ》を結っている。祇園町《ぎおんちょう》で髷を結うのは芸舞妓《げいまいこ》さんだけだ。年配の女性が髷を結っているのは見たことがない。

「おねえさんこそ、どなたですか」

花街の慣例で、女性はどれだけ年を重ねていても「おねえさん」と呼ぶのだ。おばさん、あるいは、おばあさん、などとうっかり呼んでしまったら、ぶっ飛ばされる。

「鈴乃家の女将《おかみ》や」

女性は胸を張って答える。

この女性が鈴乃家の女将？

女将は母だよ。なにいってるんだ。

「勝手に人の家へあがってくるとは、不届き千万！」

それは、こっちのセリフだよ。

ぼくが反論する前に、女性はなにか手に持つと、ぼくに向かって振りあげた。箒《ほうき》だった。

「でていけ！」

箒を持ったまま追いかけてくる。

「売るつもりはないって、なんべんいわせるつもりや」

なんだかわからないけど、えらい剣幕で箒を振りあげるから、慌てて玄関へ向かった。

「二度とくるな！」

女性は箒を振りまわしている。

脱いであった草履《ぞうり》を突っかけて引き戸をあけた。外へでる。

一歩外へでて……あたりを見て息をのんだ。

これは、なんなんだ……見たこともない通りが広がっている。

通りの幅が狭い。それに目の前にあるのは舗装されていない土の道だ。祇園町の通りは、細い小路も含めて石畳に改修されているよ。

それよりなにより、通っている人たちが、男も女もみんな着物で、髷を結っている。テレビの時代劇みたいに。さっき箒を振りあげた女性も髷を結っていた。

今、でてきた家をよく見ると、玄関の柱に、木の表札がかかっている。文字の墨が消えそうだけどかろうじて読み取れるのは、「お茶屋　鈴乃家」だった。

でも、変だよ。鈴乃家の表札は金属だよ。それが、木でできていて、しかも消えかかっているとは……。

左右を見渡してみる。

え？　右手に赤い楼門《ろうもん》が見える。

あれは、八坂《やさか》神社の西の門だ。四条通《しじょう》が突きあたったところにある。

えええ――。そうすると、これは四条通？

目の前の四条通は、いつも見ている四条通の半分もないくらいの道幅で、道沿いに並んでいる家は、いわゆる京町家だけ。ビルなんてひとつもない。車のかわりに馬が曳《ひ》く荷車が通っている。

鈴乃家が四条通に面している？

そんなバカな。鈴乃家は花見小路《はなみこうじ》に面しているはずだよ。

鈴乃家の左隣は紅殻《べんがら》色の壁で「一力《いちりき》」の暖簾《のれん》がでている。「一力」は祇園町で有名な老舗お茶屋だ。

えーっ！　一力さんが隣？　向かいのはずだよ。

でも、この紅殻色の壁は一力さん特有の色だ。一力さんも鈴乃家と同じように花見小路に面しているはずなのに、四条通に玄関がある。

あっ、一力さんの玄関で思いだしたことがある。昔は玄関が四条通にあったけど、玄関が付いている方向を変えて、花見小路側から出入りするようにして現在の形になった、と聞いたことがある。

そういえば、鈴乃家も明治になってから現在のところに移転している、と二浦《にうら》さんがいってた。

ということは、ぼくが今見ている祇園町は、鈴乃家が引っ越しする前ってこと?

ここでひとつ、ものすごく重大なことに気がついてしまった。

花見小路がない!

祇園の象徴のようになっている通りが影も形もないのだ。

昼も夜も観光客で賑《にぎ》わい、夕暮れどきにはお座敷へゆく芸舞妓さんがゆき交う粋な通り、花見小路。それが、見あたらないんだよ! それらしい細い小路もない。

ということは、ぼくが今いるのは、花見小路が作られる前の祇園町だと思っていいのだろうか。歩いている人たちが、チョンマゲに日本髪だし、ぼくみたいなザンギリ頭はひとりもいない。江戸《えど》時代っぽいとは思うけど、江戸は二六〇年続いたから、そのどのあたりの時代なのだろうか。

明治からさかのぼっていくと、慶応《けいおう》四年が明治元年だ。

慶応で思いだしたことがある。うちの二階にある物置部屋で、慶応と書かれた木箱を取ろうとして、脚立から足を踏み外したんだよ。そのあと、気がついたら、まわりの建物も人々も、江戸時代っぽく変わっていたんだ。

もしかして……足を踏み外したときにタイムスリップした?

え？　え——？

まさかね。そんなのはテレビドラマか漫画の世界の話だ。現実に起こるはずがないよ。じゃ、今、ぼくが見ているのは、なんなんだ？　夢を見ているのかも？

夢かどうかわからないけど、やたら寒い。Tシャツ一枚じゃ震えそうなくらい寒い。

一力さんを見ているあいだに、気がつくとぼくのまわりに人垣ができていた。半円形に取り巻かれている。男も女も、大人も子供もいる。みんな髷を結って着物を着ている。怪しい者を見るような目つきで、こちらをうかがっている。

みんなが注目しているのは、ぼくが着ている服だった。Tシャツとジャージーのズボンが珍しいらしい。怪しいヤツ、と思われている気がする。

「なんやねん、こいつ、けったいな着物着てるやないか」

男のひとりが胡散《うさん》臭そうにいう。

「唐人《とうじん》とちゃうか？」

「唐人」とは中国人のことだ。ぼくが日本人には見えないらしい。攻撃的な視線に取り巻かれているのを感じる。ここは逃げたほうがいいな、と思ったら、だれかが大きな声でいった。

「そろそろ会津《あいづ》の行列が通るころやでー」

「はよいかな見そこなう」

「せやせや。粟田口《あわたぐち》や」

みんな、蜘蛛《くも》の子を散らすように消えてしまった。

よかったー、助かったよ。こっちはひとり、大勢に取り巻かれて怖かった。

みんな、「会津の行列」が通るのを粟田口へ見にいったらしい。「粟田口」は東海道の都への入り口、三条大橋《さんじょうおおはし》東詰めから蹴上《けあげ》あたりだ。

なんだかよくわからないけど、ぼくも、みんなが消えた方向に向かった。

四条通から北に向かって走る。

同じように行列目当てに移動している人たちと一緒に動いていた。駆けている人、疲れたのか歩いている人もいる。ぼくも途中から歩いた。

ぼくが今、歩いているのは、さっきの「四条通」よりさらに細い舗装されていない道だ。道の両側に建つ家は、いわゆる木造の京町家で、家の中から魚を焼いている臭いがしてきたり、表の引き戸の隅に土埃《ボコリ》がたまっていたり、障子紙が黄ばんでいたり、リアルな生活感が漂っている。人々が暮らしている「生きている町」を感じる。これは、時代劇のセットじゃない……。

近くを歩いている男ふたりの話し声が聞こえてくる。

「もう間にあわへんかもな」

「大丈夫や、行列は一里は続いてる、いう話や」

一里は約四キロ。ずいぶん長い行列だ。

「せやけど、どうせなら、会津中将《あいづちゅうじょう》を見たいやないか」

「せやな。ほんなら、走るか」

男たちは駆けだしていった。

会話の中に、「会津中将」という名前が聞こえた。会津中将とは、会津藩主のことだ。

会津から藩主が上洛してくる？

江戸時代に上洛した会津藩主って、だれだろう。

最後の会津藩主といわれている松平容保《まつだいらかたもり》が幕末に上洛している。でも、江戸時代は長い。容保ではない別な藩主の上洛なのかもしれない。

どれくらい歩いただろう。

そろそろ三条だろうと思うあたりで、人々が集まっている。細い道に人垣ができていて先へ進むことができない。祇園祭の宵山《よいやま》みたいな人出だ。見物している人たちは、全員髷を結って着物を着ている。予想はしていたけど、洋装の人間はひとりもいない。

人垣の向こうを、なにかが通っていた。

隙間を見つけてのぞくと、隊列を組んで行進していくのは兵士だろうか。三角の帽子をかぶって、槍《やり》を持っている。身につけているのは、簡易な具足類だ。スカートみたいなものと胴まわりを囲うもの。みんなお揃いの灰色の脚絆《きゃはん》をつけて、焦げ茶色の小袖を着ている。大名行列というより軍隊の行進みたいだ。

兵士たちは背筋がピンと伸びて、まっすぐ前を見ている。視線を脇にそらせる者はひとりもいない。歩幅は全員同じ、手の振り幅も同じ。よほど訓練しなければ、ここまで揃わない。見事の一言だ。

行列は落ち着いて行進しているのに、観客はかなりの興奮状態で、みんなが早口にまくしたてている。

「さすがやなー、会津軍は日本一やって、噂《うわさ》だけやろ思ってたら、ほんまやわ」

「これで京も落ち着いてくれると思うわ」

会津軍だって？　これで京も落ち着くだって？

やっぱり松平容保なのか？

会津藩主・松平容保は幕府から京都守護職を拝命し、藩兵一千人を引き連れて上洛している。乱れた京の治安を維持するために。

遠路はるばるやってきた会津軍を、京の人々は沿道に並んで迎えたといわれている。

それが、これなのか？

そうだとしたら、幕末ファンとしては、「この目で会津軍上洛を見ているんだ！」と小《こ》躍《おど》りしたいけど、単純に喜んでもいられない。

なんで、ぼくは幕末にいるのか？　そのへんがまったくわからないし、そもそも、これは現実なのか夢なのか？　ということもわからない。

ただし、これが会津軍の上洛だとすると、「今日」の日付はわかる。

江戸時代の最後、幕末のまっただ中、文久《ぶんきゅう》二年の暮れ、十二月二十四日だ。文久二年は明治維新《めいじいしん》の数年前になる。

見物人の中には若い女の子もいる。話を聞いていると、女の子たちのお目当ては殿様らしい。

「会津の殿様、見はった？」

「しっかり見たえ。ほんまにええ男はんやったわー」

「去年、御正室さまを亡くさはって、今はお独り身らしいえ」

「きゃー、お独りなん。ほしたら、うちが」

「うちや」

若い女の子たちが、キャーキャーいっている。

長い長い行列だ。

京都守護職の行列が、映像ではなくリアルに目の前を通っていく。もっと見ていたかった。でも、のんびり眺めている気分ではない。

興奮気味の見物人の塊から、そっと離れた。

これから、ぼくはどこへいったらいいのか。

今、ぼくがいるのは幕末の京都だ。ここでは花見小路がなくて、鈴乃家が四条通にある。ぼくが知ってる現代の祇園町とはまるで別世界だ。

どうして文久二年にきてしまったのかわからないように、どうやったら、元の世界へ戻ることができるのか見当もつかない。今まで暮らしていた二十一世紀の祇園町へ、果たして戻ることができるのだろうか。もしできないなんてことになったら、ヤバイよ。

母の顔が浮かぶ。祖母や芸舞妓さんたち、学校のみんなの顔が次々に現れては消える。

みんなにもう二度と会えないなんて、考えられないよ!!

四条通へ戻ってみよう。案外、さっきはなかった花見小路や「ぼくの鈴乃家」があるのかもしれないじゃないか。

四条通へ向かって走りだした。早くいって確かめたい。花見小路がありますように、と心の中で念じながら走った。

もう少しで四条通へでる、というあたりで、後ろからだれかがついてくることに気づいた。

ぼくがとまると、向こうもとまる。振り返って見ると、男の二人組だった。ふたりとも腰に大小をさした侍だ。

こちらの様子をうかがうような目つきで、少し前屈みになって、すり足で少しずつ近づいてくる。獲物を狙う豹《ひょう》に似ている。明らかにぼくを狙っている。

男たちは二手に分かれた。ぼくを挟みこむつもりらしい。

どうして狙われるのか理由がわからないけど、侍たちはやがて刀を抜きそうな気配がする。ここは逃げたほうがいい。全速力で走りだした。

男たちはなにか叫びながら追いかけてくる。

四条通へでたところで、後ろから追いつかれた。走っているあいだに、追っ手の数が十人ぐらいに増えている。

「みんな、つかまえろ。南蛮人《なんばん》だぞ」

ぼくが南蛮人に間違えられている。さっきは唐人に間違えられた。

「南蛮人が都へ侵入してたんや！　叩きのめさなあかん」

別なだれかが叫んだ。と思ったら、みんなが一斉に襲いかかってくる。

ぼくは地面に倒されて、押さえつけられてしまった。殴ってくる奴もいる。

「なにするんだよ！　やめろよ！」

なんで殴られなくちゃならないんだよ。こっちはなんにもしてないじゃないか。抵抗しようとしても、押さえつけられていて身動きがとれない。これはヤバイかも、と思ったときだ。

「手を離しなさい！」

鋭い声が響いた。よく通る若い男の声だ。

「その者は私の連れです」

ぼくの上にのしかかっていた男たちが一斉に離れた。

追っ手の男たちの中で一番年かさそうな男がいう。

「これは失礼いたしました。伊勢《いせ》さまのお連れさんやったとは」

襲いかかってきた男たちは伊勢という侍に最敬礼する。

次の瞬間、男たちは一斉にいなくなった。

なんなんだ、この伊勢という男の威力は。まるで水戸黄門《みとこうもん》の「葵《あおい》の印籠《いんろう》」みたいじゃないか。

立ちあがって、男と向きあう。助けてもらったお礼をいうつもりだったのに、向きあったとたん、言葉が引っこんでしまった。

威風堂々、一八〇は越えていそうな背丈。頭に月代《さかやき》はないけど、腰に大小をさした身分の高そうな侍だ。

聡明そうな白い額《ひたい》。鼻筋の通った整った顔立ち。着物と羽織は、見ただけで上等な絹だとわかる。年のころは二十代半《なか》ばくらいだろうか。

立っているだけで人を威圧するような男が、まっすぐぼくを見ている。

底知れぬ深みのある黒い瞳は、その奥でなにを考えているのか見当もつかない恐ろしさがある。ぼくは蛇ににらまれたカエル状態だ。

でも、男の切れ長の眼には、ぼくに対する悪意は感じない。

「大丈夫ですか？」

低くて男らしい声。

くそー、声までハンサムだ。

「あ、ありがとうございました。助かりました」

声を絞りだすようにして、やっとのことでお礼をいうことができた。

「身につけている見慣れぬお召し物ゆえに、怪しまれたのでしょう。見たことがない衣服ですが、それは、どこで手に入れたものですか」

「え？　これですか？　これは学校で……」

といいかけて気がついた。ヤバイよ。ポリエステル一〇〇パーセントのジャージー。この時代にないものを着ている。みんな、見たら、「なんだ？　それは」と思うに決まってる。一力さんの前でもみんなに怪しまれたんだよ。

どう説明したらいいいんだろう。鋭そうな男だ。いい加減なことをいったら怪しまれる。

「学校とは？」

男が不思議そうな顔でたずねる。

ますますヤバイよ。この時代の学校は昌平坂学問所《しょうへいざかがくもんじょ》みたいな幕府の学校や会津藩の日新館《にっしんかん》のような藩校くらいしかなかった。庶民がいくのは寺子屋だ。しゃべる単語にも気をつけないと墓穴を掘るぞ、と思ったときだ。

突然、横から男が飛びだしてきた。

「おまえ、なんでこんなとこにいるねん！」

いきなりぼくの腕をつかむ。

「危ないところを助けてもうて、ほんまにおおきに。お武家様の一声がなかったら斬られていたかもしれまへん。おおきに」

男は侍の前でぺこぺこ頭をさげる。この男も髷を結っているけど、こちらは町人風の髷だ。

横から飛びだしてきた男に侍も驚いている。

「あなたは？」

侍がたずねる。

「こいつの兄貴ですねん。すんまへん。急いでいるさかい、これで」

兄貴？　え??

男はぼくの腕をつかんだまま大股で立ち去るから、ぼくは引きずられるようにしてついていくしかない。

人混みを離れると、男は走りだした。腕を引っ張られているからぼくも一緒に走る。

男がとまった。

川の土手にでている。男は捕まえていた腕を放した。ふたりとも息が切れてハーハーしている。

眼の前に大きな川が流れている。向こう岸に建ち並んでいる家々を見て懐かしくなる。

これは鴨川《かもがわ》だよ。

今、鴨川左岸から右岸を見ていて、右手と左手の両方に橋が見える。

河原も土手も、護岸を作ったというより、自然にできたものを利用している感じだ。ぼくが見慣れている鴨川とは違う。水量はそれほど多くない。

対岸に見える家並みは、木造の町家ばかりだった。ビルはひとつもない。でも映画のセットじゃない。本物の京都の町だ。ぼくが知ってる京都の町が、セピア色の古写真から抜けだしてきた町と入れかわってしまったかのようだ。

今まで出会った人たちは、全員、着物を着て髷を結っていた。男も女も、ぼくみたいな頭で洋服を着ている者はひとりもいなかった。会津藩の行列が通った。

やっぱり、ぼくは幕末の京都にきているのだ。

突然現れた男を改めて見る。

さっきの侍と同じくらいの年齢に見える。二十代半ばくらいだろうか。背が高くて色白面長のイケメンで、髷が似あってる。面構えを見たところでは悪人ではなさそうな感じだけど、軽そうな男だ。着物と羽織を着ていて、その羽織たるや、波頭が大きく描かれていてド派手だ。

男が川の土手にある石に腰をおろした。ぼくも隣の石の上に腰をおろすように指示する。

どういう男かわからないけど、並んで腰をおろした。

川の上にはゆりかもめがたくさん飛んでいる。河原におりたり水に浮かんでいるものもいる。ゆりかもめがいるということは、冬だよ。ときどき雪みたいなものまで飛んでくるじゃないか。

でも、ぼくは半袖のTシャツ姿だ。

男が川面を見たまま話し始めた。

「なんで戻ってきたんや。戻ってきたらアカン、っていうたやろが。成田屋《なりたや》に見つかったら、ただじゃすまされへんで。それくらいわかってるやろ」

男はなじるようにいう。でも、ぼくには、男がなんのことをいってるのかさっぱりわからない。

「さっきは心臓がとまりそうになったわ。おまえを助けてくれた侍、だれか知ってるやろ」

知らないよ。ぼくは首を振る。

「知らんのか？　知らんなら知らんほうがええわ。あいつには近づかんほうがええ」

「危険な男」という意味だろうか。たしかに、眼光鋭く、ただ者じゃない感じはした。

「荘太郎《そうたろう》さんとなんかあったのか？」

男は少し心配そうな声でいう。

荘太郎さんって、だれ？　知らないよ。

ぼくが顔にハテナマークをだして首を傾げると、男は泣きそうな声でいう。

「なんで黙ってるんや。黙ってたら、なんもわからんやろ。京にいたら、命がなくなるかもしれへんにゃで」

　命がなくなるって、大変だよ。でも、明らかにだれかと間違われている。

「あの、ぼくのこと、だれかと間違えてらっしゃるんじゃないでしょうか」

　おそるおそるいうと、男がぼくを見て眼をむく。

　それも一瞬で、ゲラゲラ笑いだした。

「『ぼく』か。そりゃ、ええ考えやわ。それで髪を短《みじこ》うして、けったいな格好してるんか。男に化けてるとは、さすがの成田屋も気がつかへん、というワケやな」

　男に化けてるだって？　ぼくを女だと思ってるのか？

「それにしても思い切ったもんやな。あの長い髪をバッサリ切ってもうて。兄ちゃん、泣くで」

　兄ちゃん？　さっきも自分は兄貴だと侍にいっていた。妹と間違えてるんだ。

「あのぅ、ぼくは、お兄さんのこと知りませんけど……」

　ぼくの言葉に男が眉根を寄せる。その顔のまま、ぼくの顔の前に顔を突きだすようにしてジーッと見る。

「俺のことを知らんだと？　おまえ、どこぞおかしゅうなったんとちゃうか？」

「普通だと思います。それに、男に化けてるわけじゃありません。ほんとに男です」

「なーにいうてんねん。俺の前では芝居やらへんてええんやで。兄ちゃんは、いつでも可愛い妹の味方やからな」

男はぼくのザンギリ頭を撫《な》でる。

この兄貴、妹をかなり可愛がっているらしい。

でも、男のぼくを、しかも赤の他人を妹と間違えるって、兄貴として失格だろ。

「ぼくには兄はいないし、お兄さんに会ったのも、今、初めてです。ほんとです。お兄さんは、ぼくを妹さんと間違えてるみたいですけど」

必死にいうと、男もおかしいと思ったらしい。

男は真剣な顔になって、ぼくの左腕をつかんだ。なにをするんだろうと思ったら、肘《ひじ》の内側を見る。

「ほんまや……傷跡がないわ」

男は手を放した。妹の腕には傷跡があるらしい。

これまでとは顔つきがガラリと変わる。様子をうかがうような眼で、こちらを見る。怪しい者でも見るような目つきだ。

「あんた、だれなんや」

「ぼくは、小野貴史《おのたかし》といいます」

　祇園町の鈴乃家の息子です、といっていいのかどうか迷った。さっき、「鈴乃家」から追いだされたのだから。

「小野？　俺も小野や。小野アヲエ。みんなからは、『アヲさん』って呼ばれてるんや。祇園町でお茶屋と置屋《おきや》をやってる鈴乃家の息子や」

　えーっ！　この男が鈴乃家の息子だってよ！

　ぼくが年配の女性に追いだされたあの「鈴乃家」の息子？　ぼくを追いだした女性は、アヲさんの母親？　それとも祖母？

「あんたはどこの小野や」

「祇園町ですけど……」

「祇園町に小野は、俺んとこ一軒しかないで。おかしいやないか」

　男は胡散臭そうにぼくを見る。

「ぼくの祇園町」と「男の祇園町」は違うのだ。ここでぼくが「ぼくの祇園町」のことを話したら、辻褄《つじつま》があわなくなる。百年以上先の「鈴乃家」からタイムスリップしたみたいだ、といっても、わかってもらえないだろうし、どう説明したらいいんだろう。

「実は、なんだかよくわからないのです。家に帰りたいのに、家が消えちゃったみたいで……」

「消えた？　なんやそれは。あんたの家は、祇園町のどこや」

「花見小路です。うちも鈴乃家って屋号で……花見小路でお茶屋と置屋をやってます」

「花見小路？　聞いたことないけど、そんな小路が祇園町にあるんか？」

アヲさんは不思議そうにいう。

「親御さんは、その花見小路の鈴乃家にいるんか？」

「はい。でも、花見小路も鈴乃家も消えたみたいで……」

「へ？　家も小路も消えた？　そんなんあるんか？　奇妙すぎる話やないか」

アヲさんは首を傾げている。理解できないらしい。ぼく自身が、わけがわからないのだから当然だろう。

「家も親御さんもいいひんにゃったら、あんた、どうすんねん。いくところはあるんか？」

「ないです。知りあいもいませんし」

どうやら幕末に迷いこんでしまったらしい、とわかったばかりだ。どうしたらいいのか、途方に暮れている。

アヲさんはチラッとぼくを見て、意外なことをいった。

「ほしたら、親御さんの家が見つかるまで、俺と一緒に仕事やらへんか？　うちへ泊まりこみで食事と小遣いつき、着物もこっちで用意する」

え？　衣食住つきの仕事？

「運がええと、ええとこへ嫁にいけるで」

　アヲさんがニヤッと笑う。

　嫁にはいかなくていいよ。

　どういう仕事にせよ、衣食住つきは魅力だ。ワンといって尻尾振っちゃいそうだよ。「ぼくの鈴乃家」へ戻れるのかどうかもわからないのだから、とりあえずこっちで生きてくためには金がいる。知ってる人はいないし、頼れる人もひとりもいない。このままだと野垂《のた》れ死ぬかもしれない。そういうときに、こうして仕事に誘ってくれる男が現れるなんて、渡りに船以上だ。どんな仕事かわからないけど、法を犯すような仕事でないなら、やるよ。

　ぼくが返事をする前に、アヲさんがいきなり話題を変える。

「あんた、寒いやろ」

　寒い。着ているのはTシャツ一枚とジャージーだ。

「着てるもんも、気ぃつけなあかんわ。攘夷《じょうい》が叫ばれてるときに、そんなけったいな格好はせんほうがええ」

「攘夷」というのは、夷敵《いてき》、つまり「外国を排除すること」だ。

「普通の着物に着がえたほうがええな。うちへいこ」

アヲさんのいうとおりだ。この格好はヤバイ。

「話の続きは、うちでしよ」

ほかにいくところはないんだから、ぼくを拾ってくれたアヲさんについていくことにした。

十分ほど歩くとアヲさんの家に着いた。やっぱり、ぼくが箒を持った女性に追いだされた家だった。あの女性はアヲさんの祖母で、両親はすでに他界しているという。

玄関脇の部屋で、アヲさんと向かいあって座る。アヲさんに半纏《はんてん》を借りて羽織った。もう寒くはない。

さっそく、一番知りたいことを聞いた。

「さっきおっしゃってた仕事って、どんな仕事なんですか？」

アヲさんは、ほかにはだれもいないのに、周囲を気にするかのように声を潜めていった。

「実はな、あんたを舞妓にして売りだしたいんや」

舞妓？

「ぼ、ぼくを舞妓に、ですか？」

「そうや」

「じょ、冗談でしょ？」

「冗談やない。本気やで。京都一の舞妓に育てあげてみせる」

アヲさんは額に青筋ができるくらい真剣にいう。

ははは、だよ。笑うに笑えないじゃないか。

どうしてそんな突拍子もないことを思いついたのか知らないけど、ぼくは男だよ。そんなことができるワケがない。

「俺は置屋で生まれて置屋で育ったんや。芸舞妓さんに育ててもうたようなもんや。その俺が、『この子を舞妓にしたら売れる！』って思ったんやで。俺の眼ぇにくるいはない。あんたを京都一の舞妓に仕立ててみせるわ。間違いなく売れる！」

アヲさんはいい切った。

ぼくが舞妓になったら売れるって？　その前に、ぼくが男だということを、アヲさんはまるで気にしていない。

「男でも舞妓になれるんですか？」

「いんや、なれへん」

アヲさんはあっさり認める。

「じゃ、無理ですよ」

「せやから、こっそりやるんや」

「こっそりやって、正体がバレたらどうするんですか。ぼくも、鈴乃家も、アヲさんも、みんな恥をかきますよ。それに、鈴乃家の舞妓は男だって噂になったら、仕事ができなくなるかもしれないじゃないですか。鈴乃家のほかの芸舞妓さんたちも、男の舞妓をどう思うか」

「それやったら、大丈夫や。うちには、今は芸妓《げいこ》も舞妓もひとりもいいひんさかい」

え？　置屋に芸舞妓がいない？

驚いてたずねた。

「置屋やってないんですか？」

アヲさんは少し体裁悪そうにうなずく。

「やりたくてもでけへんのや。ちょっと事情があってな」

そういえば、アヲさんの祖母に、ぼくは箒で追いだされたのだった。あのときの様子を思うと、かなり事情がありそうだった。

「それじゃ、お茶屋は？　お茶屋もやってないんですか？」

「せやねん。お茶屋もやってえへんねん。茶屋株を人に押さえられててな、取り返さへん限り営業でけへんねん」

茶屋株を取られてしまった？

「それは一大事じゃないですか！」

驚いて、つい声が大きくなる。

茶屋株というのは、お茶屋を開く権利だ。茶屋株がなかったら、お茶屋をやりたくてもできない。お茶屋をやりたいと思ったら、茶屋株を買うのだ。茶屋株は、お茶屋にとって家屋敷と同じくらい大切なものだ。

「なんでまた、そんなに大事なものを取られてしまったんですか」

「まあ、いろいろ事情があってな……」

アヲさんは言葉を濁《にご》す。

近所に新しいお茶屋ができたときに、茶屋株っていくらくらいするものか母に聞いたことがあった。母は「まとまったお金や」といっただけで、いくらとは教えてくれなかった。そのときは、高級車が買えるくらいなのかな、と勝手に考えていたけど、もっと高いのかもしれない。

「茶屋株を取り戻す見こみは？」

「ない。それだけの金がないねん」

「えー、それじゃ、お茶屋やりたくてもできないということじゃないですか」

「そういうこっちゃ。せやし、あんたを舞妓にするときは、知りあいのお茶屋に籍を置かせてもらうつもりや」

「それじゃ、余計、男の舞妓は危険ですよ。女の子を捜したほうがいいと思いますけど」

アヲさんは首を振る。

「俺の相棒が、だれでもええ、いうわけやないんやで。あんたやから、やるつもりになったんや。男、女は関係あらへん。あんたに会ってえへんかったら、舞妓を育てようなんて夢にも思わへんかったやろな」

どうしてアヲさんはぼくと会って「その気」になったのだろう。

「ぼくと会ったから、ですか？　どうしてまた」

「へへへ、知りたいやろ」

アヲさんは、悪戯《いたずら》小僧が重大な秘密を握っていて得意になっているような笑みをもらす。

「あんた、俺の妹にそっくりなんやわ。初めて会《お》うたとき、妹やと思って驚いたんや。実の兄貴が間違えるくらいなんやから、ほんまにそっくりなんや」

妹さんは「とも香《か》」という名前で、肥前《ひぜん》へ嫁にいったそうだ。肥前は、今の佐賀県だ。荘太郎というのは、妹さんの旦那の名前だった。

「とも香は嫁にいくまで、鈴乃家の舞妓やったんや。京の三美人のひとりに数えられていてな、すらっと背が高くてあんたくらいはあったやろ」

ぼくの身長は一六〇センチちょっとで学校では低いほうだけど、幕末のころの舞妓がこの背丈だったら、目立っただろう。

「四寸のおこぼ履くと、たいていの男より顔が上にあったわ」

だろうね。想像できる。四寸は、だいたい十二センチだ。

そういえば、アヲさんもこの時代の人にしては背が高い。一七〇センチはある。

「特注の振り袖やないと間にあわへんかった。でかい舞妓やって陰口たたかれたけどな、振り袖の丈が長い分、着物の柄が映《は》えるんや。友禅《ゆうぜん》師はんたちは競ってとも香の振り袖を描きたがったもんやで。そのうちに、とも香が着ている振り袖が評判になってな、それからや。人気に火ぃがついてな、お座敷でも指名が入るようになったんや。京都一の舞妓、といわれるまでになって、ほんまによう売れたわ。おかげで鈴乃家は大盛況やった」

アヲさんはうれしそうに語る。とも香さんが舞妓をやめたのは、嫁にいったからで、今から半年ほど前のことだという。

アヲさんは、懐から油紙に包んだなにかを取りだした。包みを開くと、折りたたんだ紙がでてくる。

「これがとも香や。あんたにそっくりやろ？」

和紙に刷《す》られた木版画みたいだ。今でいうとチラシなんだろうか。「鈴乃家　舞妓　とも香」と書かれている。

細身でスラリと背の高い女性が、桜の枝を持って立っている姿で、優雅で麗《うるわ》しい。

でも、この絵を見ただけでは、顔がぼくに似ているかどうかは正直いってわからないよ。面長におちょぼ口で、浮世絵でよく見る顔だ。どれもみんな同じ顔に見えて、ぼくには区別がつかない。

妹の絵姿を懐に入れて持ち歩いているアヲさん。自慢の妹なんだね。

「舞と胡弓《こきゅう》の名手でな、和歌もうまいこと詠《よ》んださかい、小野小町《おののこまち》の生まれ変わりや、っていわれてたんやで。そのとも香に、あんたがよう似てるんや。とも香の妹、いうて売りだしたら、売れること間違いなしや。あんたも俺も、大儲《もう》けでけるんやで」

アヲさんは、「大儲けでける」といってから、ニヤリと笑う。

今、アヲさん、とも香さんは「小野小町の生まれ変わりといわれていた」って、いったよね。このセリフ、どこかで聞いたことがある。

どこで聞いたんだったか……。

そうだよ！　二浦さんがいってたんだ。うちの先祖にめっちゃ人気の舞妓がいて、美人で歌をうまいこと詠んだので小野小町の生まれ変わり、といわれて評判だったたって。絵姿があるなら見たいって、いってたんだよ。これが、その絵姿じゃん！

家付き娘だから、ぼくと血がつながっているかもしれない、ともいってたよ。

まじかよ。そうすると、アヲさんは、ずーっと昔の「先祖のひとり」かもしれないのか？

そうだとすると、やっぱりここは「ぼくの鈴乃家」の前身で、花見小路ができたときに今の位置へ移ったのだ。

絵姿を持っているぼくの手が、小刻みに震えている。

アヲさんが驚いて、ぼくにたずねる。

「どうしたんや？　この絵がどうかしたのか？」

「いえ、なんでもありません。アヲさんが、ぼくを舞妓にしようと思った理由はわかりました。でも、男が舞妓になるって、やっぱり無理ですよ」

「なんで無理なんや」

「だって……」

玄関の引き戸があいた。だれかが入ってきたらしい。

「おぅ、アヲ、いてるか？」

男の声だ。

アヲさんはチッと舌打ちする。

「やっかいなヤツがきよったわ」

アヲさんは苦々しげにいうと、眉根を寄せた。概してお気楽そうなアヲさんが、深刻そうな顔をしている。

「ちょっと待っててな、すぐに戻るし」

ぼくには普通のいい方だったけど、小さく「あのやろー」と付け足した。やってきたのは歓迎されざる客みたいだ。どういう人だろう。

アヲさんは玄関へでていった。

どんな男がきたのか、襖をすこーしあけて、隙間に眼を押しあてる。

見えたのは遊び人風の男だった。

羽織の中に入れた腕を張って大きく見せようとしている。羽織は白、着物は青。羽織には巨大な達磨《だるま》が赤と黒で描かれている。

横顔しか見えないけど、顎《あご》から耳まで濃い髭《ひげ》があって、男がしゃべるたびにその髭が動く。

「どうや、気持ちは固まったたか？」

男の声だ。アヲさんの返事はない。男は言葉を続ける。

「手放すのは惜しい、いう気持ちはようわかる。つい半年前まではほんまに繁盛してたさかいなぁ」

男は玄関先に立ったままで、アヲさんは座れともいわない。アヲさんは両足を開いて、肩を怒らせて立っている。

「けど今は、舞妓も芸妓もいてへんのやで。茶屋株もないんやろ？　置屋もお茶屋もでけへんやないか。今やったら、ええ値段で買《こ》うてくれはる、っていうてはるんやさかい、潮どきやないかい」

「悪いけど、婆ちゃんも俺も、鈴乃家を売る気はこれっぽっちもないんや」

これはアヲさんだ。しゃべり方にいつもより力が入っていってる。

「近いうちに、また鈴乃家を始めるさかいな。昔以上に繁盛して、あんたが腰抜かすとこをしっかり見てやるわ」

「へー、そりゃ、初耳やなぁ」

男はわざと驚いたフリをする。

「負け惜しみいうてるんも、今のうちや。よう考えてみい。成田屋の旦那が黙ってるわけないやろ。鈴乃家は蛇ににらまれたカエルなんやで。お茶屋も置屋もでけるわけがないやろ。うまいことでけたら、お天道様が西からあがるわ」

男は捨て台詞を吐くと、玄関からでていった。

成田屋という名前、何度か耳にした。どういう人かわからないけど、キーパーソンみたいだ。

アヲさんが戻ってくる。

さっき座っていたところに戻ったけど、押し黙っている。

客の男とは鈴乃家を売る、売らないでいいあっていた。鈴乃家を売却しないか、という話がでているのだろうか。

失礼にならないように遠慮しながら、少し探りを入れる。

「鈴乃家を買いたい、といってる人がいるんですか」

「勝手にいってるだけや。俺も婆ちゃんも、売るつもりはないのにしつこいんや」

「だれが買いたいといってるんですか」

アヲさんは黙っている。

「成田屋っていうのは、だれですか?」

アヲさんは驚いた顔でぼくを見て、小さくつぶやいた。

「聞こえてしもうたか。しゃあないなぁ」

渋々だったけど、アヲさんは話し始める。

「成田屋いうのんはな、高利貸しで大儲けして、一代で京都で一、二を争う大金持ちになった成金やわ」

高利貸しって、高い利率で金を貸す業者のことだ。

「その成田屋が、鈴乃家を買おうとしているんですか」

「そういうことや」

アヲさんは渋い顔で答える。

「成田屋は鈴乃家を買って、どうするんですか？　自分が置屋をやるんですか？」

「ちゃうちゃう。買って、建物を壊して、更地にする。つまり、成田屋は鈴乃家を祇園町から消してしまいたいんや。鈴乃家が祇園町にある、いうだけで不愉快らしいわ」

ドキン！　鈴乃家を祇園町から消してしまうだって！

そんなことになったら、平成《へいせい》の鈴乃家はどうなるんだよ。ここで途切れたら、祖母や母はどうなる？　祖母も母も鈴乃家の舞妓だったんだよ。祖父は鈴乃家のお客様だったと聞いているし、鈴乃家が更地になったら、祖母は舞妓にはならなかったかもしれない。百歩譲って舞妓になったとしても、祖父と出会っていないかもしれない。そうしたら、母は生まれていないだろうし、ぼくだって生まれてこないことになる。

大変だよ！　ぼく自身、まだ十五年しか生きてないけど、母の息子として生まれてよかったと思っている。生まれてこないなんて、イヤだ。

「鈴乃家を更地にするなんて、大変な話じゃないですか。鈴乃家がなくなったら、ぼくだって困りますよ」

「なんであんたが困るんや」

説明するのは難しいから、説明しないで質問をする。

「成田屋にそこまで恨まれてるって、なにか恨みを買うようなことをやったんですか？」

「そういうことや。やったんや」

「どんなことをやったんですか」

アヲさんはうつむいてしまった。答えない。

「アヲさんがやったんですか？」

「まあな。悪いのは俺や」

アヲさんは顔をあげて答えた。渋い顔をしている。

「ついでにいうと、鈴乃家の茶屋株押さえてるのも成田屋なんや」

え？　茶屋株も成田屋に？　ダブルパンチじゃないかよ。

「いったい、なにをやったんですか」

「まあ、いろいろ……」

詳しいことを話すつもりはないらしい。

「それじゃ、鈴乃家を成田屋に売ったら、そのお金で茶屋株を買い戻すことはできるんですか？」

「それがでけへんにゃ。成田屋は、鈴乃家を買いたたくつもりでいるさかい、家を売っても茶屋株には手が届かんようになってるんや」

なんと。

「つまり、なにをしても茶屋株は取り返せない、ってことですか。そうなると、鈴乃家はどうなっちゃうんですか」

「つぶれるやろな。成田屋は、鈴乃家をつぶしたくてしょうがないんやから」

「それじゃ、つぶされる前に茶屋株を取り返して、置屋とお茶屋をもう一度始めるんです」

ぼくとしてはご先祖のピンチを黙って見ているわけにはいかないよ。非力ながら、鈴乃家存続のために協力したいよ。ぼくがここへきたのも、なにかの因縁があってのことかもしれないじゃないか。

「茶屋株、取り返しましょう！」

威勢よくいうと、アヲさんはあきれ顔でいう。

「アホ。そんな大金、どこにあるっちゅうんや」

でも、さっき、アヲさんはいってたよ。ぼくが舞妓になったら大儲けできるって。

成田屋は茶屋株を取りあげた。鈴乃家の家まで取りあげようとしている。

それなら、アヲさんと組んで、大儲けするしかない。そのためには、ぼくが舞妓をやらなければならないなら、やるよ。儲けた金で茶屋株を取り返して、鈴乃家を再開する。

「アヲさんがおっしゃってた、大儲けの話。あれをやったらどうですか」

「あれ？」

アヲさんが眉根を寄せる。

「ぼくが舞妓になる話」

「あぁ、あれな。たしかに、あんたを舞妓にしたら金は入ってくるやろな。けど、舞妓になるんは無理やって、あんたがいうたやないか」

「ぼく、やりますよ。鈴乃家のためなら」

アヲさんは眼を丸くして口をポカンとあける。

「ほんまかいな」

「ほんとです。成田屋から鈴乃家の茶屋株を取り返しましょう！」

「よっしゃー、あんたがその気になったんやったら、もう鬼に金棒や」

アヲさんは大喜びで、腕をまくりあげて大きな力こぶを作ってから、真面目《まじめ》な顔になっていう。

「すぐに始めよ」

「ちょっと待ってください。舞妓になるのはいいんですけど、大丈夫でしょうか。心配なんですよ」

「なにが心配なんや」

「男が舞妓をやるのは、土台からして無理があるんじゃないかって……」

「ぜんぜん無理やない。よう考えてみい。今、はやりの歌舞伎《かぶき》は、元々は女衆《おんなしゅう》が始めたもんやで。それが若衆《わかしゅ》歌舞伎になって、今の野郎歌舞伎になったんや。知ってるやろ?」

知ってる。歌舞伎を創始したのは出雲阿国《いずものおくに》という女性だといわれている。阿国は四条河原に見せ物小屋を建てて、歌舞伎の元になる「かぶき踊り」を見せていた。始めたのは女だったけど、幕末の歌舞伎は男性の役者で演じられていた。

「着物を脱ぐわけやあらへんし、行灯の灯《あか》りの中で見るだけや。薄暗い中で見るんやし、男か女かわからへんやないか」

「わかりますよ。物腰や身体つきが違います」

「そこをわからへんように工夫するんや。若衆歌舞伎かて男が女を演じてたんやで。俺に任しとき。だれが見てもほんもんの舞妓に見えるようにしたるさかい」

それでも、年齢がネックだ。

そもそも、舞妓は中学卒業した十五歳くらいから修業を始めて、二十歳くらいまで続ける。そのあとは、芸妓になる道を選ぶか、芸妓にならずに花街から引退するか、のどちらかだ。だから、高校一年生のぼくと同い年の舞妓もいる。

ところがだ、これは現代の話で、みんながチョンマゲを結っていた時代の舞妓は、もっと年齢が低かった。昔の本を読むと、十四歳くらいでは芸妓になっているから、舞妓をやるのは十二、三歳くらいまでだった。

「ぼくは十五歳ですよ。舞妓をやる年齢じゃないでしょう」

十五歳といっても、アヲさんは驚かない。

「年齢は大丈夫や。とも香が舞妓やめたんは十五歳から十六歳になるときやったし」

「え？　ほんとですか？」

「人気がありすぎてな、やめるにやめられへんかったんや。トウが立ってる、と陰口いわれてたけどな、芸妓にはならんと舞妓だけでやめることにしてたさかい、ぎりぎりまでやったんや」

幕末の祇園で十六歳まで舞妓をやったなら、とも香さんは異例中の異例だろう。

「それじゃ、うまく化けたとしますよ。でも、声で男だとわかっちゃうんじゃないか心配なんですよ。ぼくの声、声変わりしてますから」

「わからへん、わからへん。今の声で十分女に聞こえるえ」

えーっ、そうなの？　地声で十分女に聞こえる、というのもなんだかな。複雑な気持ちだなぁ。

「心配やったら、なるべくしゃべらへんかったらええのや。舞妓はニコニコしているだけでええねん。『おおきに』、『すんまへん』、『おたの申します』、この三つだけいうてたらええんや」

たしかに、舞妓になったばかりのときは、この三つの言葉を覚えておけばなんとかなる、とよくいわれる。

「大丈夫でしょうか」

「大丈夫や。俺がついてるし、困ったことがあったら俺がなんとかする」

アヲさんが思ったより頼もしいことをいう。

「どうや。一緒にやろうやないか」

アヲさんはぼくの肩に手を置いて、ぼくの顔をのぞきこむようにしていう。

不安はあるけど、鈴乃家のためなら頑張るよ。

ぼくはうなずいた。

「やります！　でも、困ったときには助けてくださいよ、ほんとですよ！」

ぼくが念を押すと、アヲさんは威勢よくいった。

「あたりまえよ。俺に任しときぃ」

「ぼくの鈴乃家」にいつ戻れるのかわからないし、こっちにいるあいだ、「アヲさんの鈴乃家」の財政再建を手伝うよ。

「よろしくお願いします」

両手をついて頭をさげると、アヲさんがいう。

「ちゃうちゃう。よろしゅう、おたの申しますや」

あ、そうだった。いい直す。

「よろしゅう、おたの申します」

これは舞妓がよく使ういい方だ。

「せや、それでええ」

アヲさんは、これからの予定を話す。

「いきなり舞妓は無理やろし、まず見習い、いうことにしておいて、舞妓らしくなってきたら店だしするねん。名前は『なみ香《か》』や。これは婆ちゃんの舞妓時代の名前なんや」

なるほど。先輩の名前をもらうことは、花街ではよくあることだ。

「とも香の実の妹いうことにするしな。似てるし、大丈夫や。ほしたら、あんたの部屋を決めるわ」

ぼくのというか、見習い舞妓・なみ香の部屋として与えられたのは、裏の二階にある部屋のひとつだった。「ぼくの鈴乃家」と同じで、ここには「表の二階」と「裏の二階」とある。表の二階はお客様のためのお座敷で、裏の二階は芸舞妓さんたちのプライベートな場所だ。

与えられた部屋は六畳の畳敷きで、鏡台が三つと衣桁《いこう》がふたつ置かれている。衣桁にはなにもかかっていない。鏡台の上には化粧道具が並んでいるけど、しばらく使われていないように見える。

花かんざしが入った箱が積みあげられているところを見ると、舞妓さんの部屋みたいだ。白粉《おしろい》や鬢《びん》つけ油の臭い、匂い袋の香りがする。「ぼくの鈴乃家」でも同じ匂いがした。

急に、家や母やみんなのことを思いだして、目頭が熱くなる。

ぼくがいなくなって、母や祖母は心配しているにちがいない。学校は欠席になっているのだろうか。元の世界へ戻るのが遅くなったら、学校は退学扱いになっていた、なんてことになるかもしれない。早く戻りたいよ。でも、こっちの鈴乃家も見捨ててはおけない状況になっている。

ぼくは元気にしているよ、とみんなに伝えることができたらいいのに。

廊下にでて、窓から下を見ると、坪庭が見えた。黄色いツワブキの花が咲いている。

あの花、うちの庭にも、冬になると咲いたよ。

今、あっちは六月のはずだ……。

第三章

見習い舞妓・なみ香

自分の部屋をもらってから、一階の台所でアヲさんと昼ご飯を食べた。

大根の葉っぱの味噌《みそ》汁と、白飯、香の物。品数は少ないけど、味はよかった。

食事が終わると、裏の二階へ戻った。

アヲさんは、ぼくを鏡台の前に座らせる。これから、髷《まげ》を結ってみるという。

髷を結ったら丸首のTシャツは脱げなくなるから、着ていた服は脱いで浴衣に着がえた。女物の浴衣だ。

アヲさんがぼくの髪を櫛《くし》で梳《す》き始める。慣れた手つきだ。と思ったら、アヲさんは髪結い師だそうだ。でも、まだ独り立ちはしていないという。

アヲさんの話によると、おしゃれな人は、毎日、髪結いへ通うというから、髪結い代が大変だろうと思ったら、蕎麦《そば》一杯よりだいぶ安いということだから、気軽に通えるらしい。

「芸舞妓《げいまいこ》の髷を結うのは女髪結い師なんやけどな、鈴乃家《すずのや》の芸舞妓の髪は、俺が結ってたんや」

女髪結い師は、髪結いの道具を持って屋形を巡回しているらしい。出張してくれるのは便利だね。現代の芸舞妓さんたちは、美容院へでかけていって結ってもらう。

「けど、鈴乃家には芸妓《げいこ》も舞妓もいいひんやろ。せやし、ここのところしばらく結ってえへんかったな」

「それじゃ、今、アヲさんは、なにをしていらっしゃるんですか?」

「大店《おおだな》の使いっ走りをしたり、届け物をしたりして、日銭を稼いでるんや」

だから、今日は久しぶりに櫛を持ったという。生き生きとしているアヲさんを見ると、髪結いという仕事が好きなんだな、とわかる。

「今から割れしのぶを結うてみるさかいな」

「割れしのぶ」というのは、年少の舞妓が結う髷だ。可愛らしい髷だといわれている。舞妓は、年齢、行事ごとに結う髷の種類を変えるのだ。

今、ぼくの髪は耳の下くらいの長さがある。パーマや毛染めは学校で禁止されているから、やっていない。ストレートの黒髪だ。男にしては長めだけど、髷を結うには肩を越える長さが必要だと思うのに、アヲさんはうまいこと付け毛を使って結ってしまった。

「付け毛」は、現代の舞妓さんたちも髷を結うときに使っている。全部地毛で結うより、付け毛を利用したほうが髪結いさんが楽みたいなのだ。

結いあがったばかりの髪に、アヲさんは松竹梅の花かんざしを左前側に挿す。ぼくが知っている花かんざしに比べると、小ぶりで地味だ。

次に銀ビラを右前側にさしてくれた。銀ビラも、現代のものよりだいぶ小ぶりだ。

鏡に写る髷の出来映えを吟味《ぎんみ》し終わると、アヲさんは、鏡台の上に載っている化粧道具の中から顔用の鬢《びん》付け油を手に取る。これは舞妓さんの化粧下地だ。髷を結うときにつける鬢付け油とは違う。

アヲさんは化粧の心得もあるのか、手際よく白粉《おしろい》を塗《ぬ》ってくれる。目元には紅を差す。

「舞妓の歳によって、化粧のやり方もちゃうねんえ。可愛らしく見えるのがええな」

粉白粉をはたいて、眉毛を描いて、頬紅《ほおべに》を差して、口紅を塗ってくれる。

化粧が終わると、次は着付けだ。下着、長襦袢《じゆばん》、刺繡襟《ししゆうえり》、そして着物。

家で着付けを手伝うこともあるから手順は知っているけど、時代が違うからだろうか、少しやり方が違う。

アヲさんは手早い。手慣れている様子で、あっという間だった。

姿見の中にできあがっていく姿を見ていると、ぼくもだんだんその気になってくるので不思議だ。

着物はクリーム色の地に宝づくしの小紋柄。「宝づくし」は、たくさんのお宝が描かれている縁起のいい柄だ。錦の巾着、打ち出の小槌《こづち》、如意宝珠《にょいほうじゅ》、巻物など。手に触れたときの感触が、ぼくが知ってる着物とは絹の質が違う気がする。糸が細いのか、生地がとても繊細で薄手だ。でも、抜群に手触りがいい。

帯は紺地に金銀で五葉松の連続柄が織りこまれている。

着付け方も、ぼくが知っている舞妓さんと少し違う。現代の舞妓は、一分の隙もないようにカッチリ着付けるけど、アヲさんの着付けはだいぶ緩《ゆる》い。自然な着方、といってもいい。後ろの襟のくり方も少ないし、背中の帯を結ぶ位置も低い。

「さあ、でけたぞ」

着付けがすべて終わって、アヲさんの前に立った。

アヲさんの顔がパッと輝くのがわかった。

「とも香《か》がいるみたいや」

自分がやったのに、アヲさんは感動のあまり、しばらく口がきけなかった。眼までウルウルしている。

ぼくは変な気持ちだ。舞妓さんは毎日見ているけど、自分がやってみようと思ったことはなかったからね。自分じゃないみたいで落ち着かない。

母には見せられないな、と思った。見たら、なんていうだろう。

そしたら思いだしてしまったよ。呑気に舞妓の格好なんてしてる場合じゃないと。

こんなことしてないで、現代の鈴乃家へ戻るための方法を探すべきじゃないのか、って。

たしかにそうだけど、文久《ぶんきゅう》二年の鈴乃家がピンチなんだから、なにかしないではいられないよ。

アヲさんは自分の技術に満足しているのか、「婆ちゃん」に舞妓姿を見せよう、という。

婆ちゃんは怖いからぼくは気が進まなかったけど、これから舞妓をやるのだし、同じ家に住んでいるのだから逃げることはできないと思って承知した。

茶の間へアヲさんに連れていかれる。

アヲさんが、婆ちゃんにぼくを紹介した。

「今日から舞妓をひとり仕こむことにしたさかい。婆ちゃんも可愛がったって」

婆ちゃんは、かつては人気舞妓だったらしいけど、皺《しわ》が多くて、日焼けしている。

婆ちゃんは、眼をつりあげてぼくをにらむ。

「どのつらさげて帰ってきたんや。おまえのおかげで鈴乃家はメチャクチャやないか」

ぼかぼかとぼくの膝《ひざ》を叩く。

アヲさんが、その手をとめる。

「婆ちゃん、よう似てるけど、この子はとも香やあらへんねん。似てるさかい、とも香の妹として店だしさせるつもりなんや」

怒っていた婆ちゃんは泣き始める。

「おまえのおかげで……」

と泣きながら繰り返していっているところを見ると、ぼくのことを、いまだにとも香さんだと思っているみたいだ。

アヲさんは、こりゃ、話にならんわ、という表情でぼくを見た。

泣いている婆ちゃんを茶の間に残して、二階に戻る。

「そのうちに、とも香やない、いうことがわかると思うわ。ちょっと待ったってな」

事情がよくわからないぼくは、うなずくしかない。

「お婆ちゃんはとも香さんに腹を立てているみたいですけど、なんかあったのですか？」

ぼくの問いに、アヲさんは小さい声でつぶやくようにいう。

「まあな。いろいろあったんや。けど、とも香はなんも悪いことないねん。悪いのは俺なんや……」

悪いのは俺って、いったいなにがあったの？　アヲさんがなにかやったの？

成田屋《なりたや》に茶屋株を取られたことと関係あるの？

もっと聞きたかったけど、これ以上は失礼かなと思って、あえて質問はしなかった。ほんとは、すごく聞きたいんだけどね。

さっそく、お座敷での作法の稽古《けいこ》をする。

まず、歩き方を教わる。

「畳の上を歩くときはな、畳の縁を踏んだらあかんにゃ」

お茶のときの作法と同じだな。

「障子や襖《ふすま》の前では、必ず座って両手で襖を引く。ええか？　両手でやで。片手で引いたらあかんにゃ。徳利《とっくり》や湯飲み茶碗をお盆にのせて運ぶときもそうや。襖の前で座って、お盆をいっぺん下に置くんや。それから襖を両手で引くんやで」

講義のあとは、実際に何度かやらされる。

「それでええ。やってるうちに慣れてくるし、大丈夫や。ところで、あんた、なんかでけることないか？　たとえば、三味線、舞、唄、お茶、和歌などで」

どれも芸舞妓さんの教養として、鈴乃家のみんなは稽古に励んでいた。

ぼくも、芸舞妓さんのまねをしてひととおりは稽古したけど、小学校低学年のころだから、お遊びの感覚でやっていた。芸として身についているとはいえないよ。

「一応は、全部稽古しましたけど、どれも初心者どまりです、素人《しろうと》の域をでません。お茶は、裏千家のお手前なら少しはできます」

小学校時代に、二年間、学校の茶道クラブに入っていた。一週間に一回、小学校へ茶道の先生が教えにきてくれて、学校の茶道室で稽古した。

「あと、胡弓《こきゅう》が少しですけど弾けます」

「ほんまか？　そりゃええわ。うちにいた芸舞妓さんも、みんな胡弓は稽古してたわ。婆ちゃん、ああ見えても芸妓のときは胡弓の名手、いわれてたんや。とも香も胡弓はうまかったなー」

胡弓は鈴乃家にあるそうだ。

「『なみ香《か》』も、鈴乃家の舞妓やさかい、胡弓の名手、といわれるようになるとええなぁ」

〈鈴乃家の舞妓は胡弓の名手〉という伝統を守りたい、とアヲさんはいう。

「舞と胡弓の稽古はすぐに始めるさかいな」

師匠はアヲさんだそうだ。

「ほしたら、今から、見習い茶屋を頼みにいこか」

「見習い茶屋」というのは、見習いさんが実習させてもらうお茶屋だ。現在の花街では、見習い茶屋を決めないで実習する場合もある。

「祇園社《ぎおんしゃ》の境内《けいだい》にある茶店に頼んで引き受けてもらうつもりや」

「祇園社」は「八坂《やさか》神社」のことだ。明治《めいじ》になって政府が神仏分離令をだしたので、「八坂神社」と名前を変えたのだ。

この時代は、「祇園社」もしくは「祇園さん」と呼ばれていた。「八坂神社」といってもだれにも通じないだろう。現代でも、祇園界隈《かいわい》の人は、親しみをこめて「祇園さん」と呼んでいる。

アヲさんはド派手な羽織はやめて、焦げ茶色の着物と、同色系で少し明るめの羽織に着がえた。落ち着いた色目の組みあわせだ。アヲさんは背が高いから、見違えるような男前になった。

家の外へでると、四条《しじょう》通は、大勢の人たちが歩いている。年末の買い物客もいれば、仕事で忙しそうにしている人もいる。小僧さんたちが使い走りしていたり、荷車で荷物を配達している人もいる。

アヲさんは少しふんぞり返って、大股に歩いていく。ぼくは一歩さがったところを、小さな歩幅でついて歩く。赤い鼻緒の草履《ぞうり》で。

すれ違う人たちが、例外なく立ちどまって、ぼくとアヲさんの道行きを振り返って見る。恥ずかしいったらない。顔は白塗りしているから、ぼくの顔色まではみんなにはわからないだろうけど、自分ではわかるよ。顔じゅうが真っ赤になっていること請《う》けあいだ。

四条通の東の突き当たりにある祇園さんの西の楼門《ろうもん》は、ぼくがいつも見ているものと同じだった。勾配《こうばい》の急な石段も同じだ。

アヲさんに手を引いてもらって、石段をなんとか登り切る。洋服を着ているときと違って、まず振り袖が石段につかないようにしないといけないし、草履も男の草履に比べると踵《かかと》が高いので、足をくじきそうで怖い。

参道をあがっていくと、まず舞殿がある。節分に花街の舞妓さんが舞を奉納する舞台だ。舞殿の左手に祇園社の本殿がある。ここにお祀《まつ》りされている神様は、スサノオノミコトと、奥さんと子供たち、つまりスサノオ一家だ。

本殿の前を通るとき、アヲさんとお参りする。

「ぼくの鈴乃家」へ早く帰れるように、それと、舞妓・なみ香がうまくいって、こっちの鈴乃家の茶屋株をとり返すことができますように、というふたつをお願いした。アヲさんはなにをお願いしたのだろうか。

本殿からさらに奥へ進む。現代は、祇園社の奥は「円山《まるやま》公園」につながっていくけど、この時代はまだ円山公園はない。公園は明治以降になって整備されるのだ。

坂道の右手に、祇園祭の山鉾《やまぼこ》を収納しておく山鉾館があるはずなのに、ない。屋台が並んでいて、おいしそうな匂いがしている。屋台の暖簾《のれん》には「飴《あめ》」とか「手焼きせんべい」

ない。

「水飴」「ふかし芋《いも》」「そば」などと書かれている。

散歩を楽しんでいるご隠居さんや、祇園社の参詣客《さんけい》がいるけど、そんなに人出は多くはない。

「大晦日《おおみそか》はすごいんやで。夜じゅう男衆《おとこし》が大騒ぎしよるからな」

元旦の初詣《はつもうで》も賑《にぎ》わうそうだ。

屋台ではなく、「お休み処」と書かれた提灯《ちょうちん》がぶらさがった店もある。家というより小屋という感じで、小屋の周囲は簾《すだれ》で仕切られていて、天井も簾だ。縁台にはゴザが敷かれ、水屋には大きな急須がたくさん用意されている。参詣客が縁台に腰掛けてひと休みしていた。

「あこは、お茶を飲むところどすか?」

「せや、水茶屋や。一杯四文でお茶が飲めるんや」

菓子もあるそうだ。喫茶店かコーヒーショップ、といったところかな。

今、歩いているところは、桜がたくさん植えてあって、シンボルツリーの大きなしだれ桜が植えてある配置などは、ぼくが知ってる円山公園とだいたい同じだ。十二月だから、桜はまだ芽がでてきたところだ。

「春になると、花見客で一杯になるんやで。歩くのも一苦労、いうくらい人がでよる」

たしか、昔は祇園社の奥は「真葛が原《まくずがはら》」と呼ばれていたはずだ、と思ってアヲさんにたずねると、うなずいて説明してくれる。

「そうや。もっと南のほうからな、知恩院《ちおんいん》さんまで続くこの斜面一帯が真葛が原や」

目的の茶店は、しだれ桜の近くに建っている二階建ての店だった。簡易なお休み処ではなく、普通の町家だ。桜の樹から三十メートルほどのところにある。

なんと茶店の名前は「美人御茶屋《びじんおちゃや》」だって。

店先では小僧さんが水をまいている。

奥の台所では、饅頭《まんじゅう》をふかしている湯気がでているのが見える。

ここの店主がアヲさんの幼なじみで、一緒に寺子屋へ通った仲だという。

「先に、俺が話をつけてくるさかい、ここで待っててんか」

アヲさんは店の中へ入っていった。

小僧さんが、惚《ほう》けたような顔でぼくを見ている。小学校四年生くらいだろうか。縞《しま》木綿の着物を着て、ねずみ色の前垂《まえだ》れをかけている。裸足に草履を突っかけて、丸顔のほっぺたがリンゴのように赤い。

この小僧さん相手に、『なみ香』として初めてしゃべってみようか。大人相手だと緊張するけど、子供が相手なら、少しは気楽に話せるかも。

「おはようさんどすぅ」

女の子っぽく、声のだし方をほんわかさせて、語尾を可愛らしく収める。

声をかけると、小僧さんのほっぺたがますます赤くなる。

「美人御茶屋って、ええお名前どすなぁ」

「そ、そうですねん。うちの美人饅頭を食べはると、女の人は、おねえはんみたいに美人に、男の人は美男にならはる、といわれてますねん」

「ひゃー、ほんまに？　ほしたら、美人饅頭、さっそく買《こ》うて帰らな。けど、なんで美人になるん？」

「美御前社《うつくしごぜんしゃ》ゆかりの水を使《つこ》うてるさかい」

なるほどね。祇園社の境内に、美御前社という小さなお社がある。美貌《びぼう》の誉《ほま》れ高い三人の女神様が祀られていると記憶している。そのお社の前に神水が湧きでていて、顔につけると美人になるというので、若い女性が参拝して顔につけているのをよく見る。たしかぼくの時代は「飲んではいけません」と注意書きがあったと思う。

「おねえさん、舞妓さん？」

「そうえ」

「きれい……」

「おおきに」

小僧さんに笑顔を向ける。

店の奥からアヲさんともうひとり男性がでてくる。

「うちは預かれへんって。無理やわ。見習い茶屋にだすんやったら、うっとこよりもっとちゃんとしたとこのほうが」

「どこかの見習い茶屋へだしても、鈴乃家の舞妓やってわかったら成田屋が邪魔しよるさかいな。あかんにゃ。形だけ置いてもうたらええんやし、頼むわ。義兵衛《ぎへえ》んとこやったら、俺がずっとついてることもでけると思うてな」

義兵衛というのは店主の名前らしい。さっきの小僧さんとよく似た顔の男は、やはり丸顔で頬が赤い。小僧さんの父親なのかもしれない。着物の後ろを帯に挟んで、ねずみ色の股引《ももひき》の、膝《ひざ》から下がでている。首には白と紺との縦縞模様の手ぬぐいをかけていて、暑いのかその手ぬぐいでときどき額《ひたい》をぬぐう。

アヲさんはぼくの手をとって、店主の前に引っ張りだした。

「これが『なみ香』や」

ぼくの顔を見た店主の眼が、まん丸くなる。まん丸目玉のままで、たっぷり一分は過ぎた。

「……とも香ちゃんや」

「ちゃうねん。とも香の妹や。『なみ香』いう」

店主は「うーむ」といって両腕を組む。

「とも香ちゃんにそっくりやな」

なにか考えていた店主が、ぽんと両手を打った。

「よっしゃ、うちで引き受けるわ。けど、お茶屋いうても株を持ってるだけや。お茶屋いうより茶店やしな。行儀作法は、たいしたことは教えられへんけど、それでかまへんにゃったら」

「頼むわ。ほんまに恩に着るわ」

「けど、うちでええんか？」

ふたりはひそひそ声で話し始める。

なんだろうと思って耳を澄《す》ませると、かろうじて聞き取ることができた。

「去年、成田屋がこの近くに別荘を買《こ》うたんやで。成田屋はうちの上得意や。饅頭、ようけ買うてくれはるさかい、なんかいうてきても、断れへんにゃ」

「わかってる」

「今でも、とも香ちゃんを捜してるみたいやし、なみ香ちゃんを見たら、あのオヤジ、とも香ちゃんと間違えるんやないか？」

「成田屋のことは俺も考えたわ。けど、この子はとも香やのうてなみ香やし、もし、成田屋がなにかいうてきたら、関係ない、いうて押し通すつもりや。ほんまに関係ないんやさかいな」

「せやな」

話が終わったらしい。

アヲさんが、神妙な顔でぼくにいう。

「休憩するときに、このあたりを散策するのんはかまへんにゃけど、真葛が原の奥にはいかんようにな。安養寺《あんようじ》の近くに成田屋の別荘があるさかい、近づかんように」

「へ、へえ」

アヲさんが緊張した面持ちでいうから、こっちまで緊張する。

店主が、ぼくを見てニッコリ笑う。

「なみ香ちゃんも、京都一の舞妓になるえ。俺の眼ぇにくるいはない」

店主もアヲさんと似たようなことをいう。

「よろしゅう、おたの申します」

店主に向かって頭をさげると、店主も頭をさげる。

「こちらこそ、よろしゅうおたの申します」

最初は、アヲさんから見習い舞妓を押しつけられて困ってるみたいだった義兵衛さんも、今は笑顔だ。見習い茶屋を引き受けてもらえて、よかったね。アヲさんの友だち、いい人みたいでホッとする。根性悪そうな人だったら、大変だな、と心配だったのだ。

美人御茶屋で「なみ香」がやるのは、客にお茶や饅頭をだしたり、話し相手になる、というものだ。見習いだから舞や三味線は披露しない。これなら、ぼくでもなんとかなりそうだ。

このあとは、アヲさんについて、お茶屋や置屋《おきや》の挨拶《あいさつ》まわりをした。いうことは決まってる。

「美人御茶屋の『なみ香』どすぅ。今日から、見習いさんやらせてもらいますぅ。よろしゅう、おたの申しますぅ」

この繰り返しだ。ほんとに、ほかの言葉は一言も発しなかった。恐るべき舞妓さん言葉だよ。

夜は「なみ香」の部屋で、振り袖を脱いで家にいるときの普段着の着物に着がえた。寒いからその上に半纏《はんてん》を羽織る。

せんべい布団を一枚敷いて横になる。掛け布団も薄いせんべい布団が一枚。

この時代、庶民が寝るのはせんべい布団で、ふかふかの布団に寝ていたのは殿様や金持ちの町人くらいだろう。

髷を結っているから枕は箱枕だ。これから、毎晩、この枕で寝ることになる。

舞妓さんたちがいってたよ。慣れないうちは枕から頭が落ちて髷がつぶれたり、大変だったって。慣れると眠れるようになるんえ、ともいってたな。現代の舞妓さんたちは、週に一回髷を崩して翌日に新しく結う。崩した日の夜は、ぐっすり眠れるらしいよ。

首筋に籾殻《もみがら》が入った枕をあてる。いつもの枕に比べると、やたら高く感じる。これじゃ、熟睡できそうにないな。

あたりは暗くなってくる。電気がなかった江戸《えど》時代は、暗くなったら寝て、明るくなったら起きる、というのが基本だったと、なにかの本で読んだことがある。

遠くで三味線の音が聞こえる。どこかのお座敷で、芸妓さんが弾いているんだろう。

眼をとじると、いつもの祇園町《ぎおんまち》にいるような気がする。

でも、ここは違う祇園町なんだよ。

これからどうしたらいいのか考えなくては、と思っていたのに、寝入ってしまったらしい。アヲさんの声が聞こえたな、と思ったときは明るかった。

第四章

冗談じゃない、水揚げだってよ！

翌朝、アヲさんが起こしに来た。

「朝やでー。起きてんか」

あたりは明るい。

敷き布団の上に身体を起こす。

アヲさんが襖《ふすま》をあけて、廊下から部屋の中に顔を突っこんでいる。

「朝ご飯でけてるし、食べたらすぐに舞の稽古《けいこ》や」

舞の稽古？　頭がぼんやりしていて、意味がわからない。

「午後からは見習い茶屋で実習やさかいな」

見習い茶屋！

そうだった。ぼくは、「見習い舞妓《まいこ》のなみ香《か》」だった。

「今日は舞の稽古するさかい、これを着といてんか」

アヲさんは柳の衣装籠《かご》を出入り口に置くと、階下へおりていった。

今日から舞妓としての実習が始まるのだ。

衣装籠の中には、赤地に白梅が描かれている小紋柄の着物が入っていた。アヲさん、ちゃんと季節を考えて選んでいるんだね。振り袖ではない。


朝ご飯が終わると、婆ちゃんのところへ連れていかれる。

「この子、今日から見習い茶屋へでるさかい、『なみ香』いう婆ちゃんの名前を継がせてもらいたいんやけど」

アヲさんがご機嫌をうかがうように遠慮がちにいうと、婆ちゃんは、ジロリと鋭い目つきでぼくを見る。自分の名前を使われることは不満だ、と婆ちゃんの顔に書いてある。

「この子を売りだして、やがては茶屋株取り返して、鈴乃家《すずのや》を再開するつもりなんや」

茶屋株を取り返す、と口では簡単にいえるけど、「なみ香」ひとりの稼ぎじゃ、いつになったら目標額に達するのだろうか。成田屋《なりたや》は曲者《くせもの》らしいし、簡単じゃないだろうに、アヲさんは明るくいう。

「そのときは、婆ちゃんに女将《おかみ》をやってもらうつもりやさかい、よろしゅうおたの申します」

アヲさんが頭をさげると、険しい表情をしていた婆ちゃんの顔が明るくなる。

「ほんまか?」

「ほんまや。なみ香も鈴乃家のために頑張る、いうてくれてるし。せやな」

アヲさんがぼくに振る。

「そうどす。うちも、鈴乃家にお茶屋再開してもらいたいさかい、アヲさんと一緒に頑張りますねん」

婆ちゃんは、ぼくをジロッと見てから、「そういうことなら」とうなずいた。

「ほんなら『なみ香』いう名前を使《つこ》うたらよろし。けど、うちの名前を使うんやったら、舞も胡弓《こきゅう》も京で一番やないとあかん。一番になれへんようやったら、名前を返してもらうで。ええな。これから、なみ香の稽古は、うちがつける」

婆ちゃんは怖い顔でいう。婆ちゃんが、なみ香の三味線、胡弓、舞の師匠をやってくれるという。アヲさんは、自分の仕事が減ったので大喜びだ。

さっそく、婆ちゃんの胡弓の稽古が始まった。現代でも、ぼくの胡弓の師匠は祖母だったから、祖母と婆ちゃんが重なって、眼が潤《うる》んでくるときがあった。

午後から、美人御茶屋《びじんおちゃや》での実習が始まった。今日が実習初日だ。

祇園社《ぎおんしゃ》の参詣客《さんけい》にほかほかの饅頭《まんじゆう》を売る手伝いをしながら接客のやりかたを学ぶ。夕方、店じまいするとき、ぼくの実習も終わり、家に帰る。

今日は寒いから、温かい饅頭はよく売れるよ、と最初にいわれて、売れなかったらどうしよう、と緊張して店に立った。

饅頭とお茶を注文した初めてのお客様は、ねじりはちまきをしている職人風の若い男性だった。仕事の帰りに立ち寄ってくれたらしい。

「あれ？　とも香《か》ちゃんやないか。久しぶりやなー」

このお客様も、とも香さんを知っているらしい。

「あ、うちはとも香はんねえさんやおへんのどす。『なみ香』いいます。よろしゅうおたの申します」

「なみ香？　てっきりとも香ちゃんやと思ったわ。よう似てるわ」

「まだ見習い舞妓どすねん。今日、初めてお店に立ったんどすえ」

「ほんまに？　俺が初めての客なんか？　そりゃ光栄やわ。ほしたら、なみ香ちゃんに、はい、これ。初めて店に立ったお祝いな」

お客様は、今でいうチップをくれた。

「へ？　うちにどすか？　おおきに」

饅頭もお茶もそれぞれ四文なのに、手渡されたのは二十文だった。饅頭の五倍だよ。今までアルバイトしたことはなかったから、自分で稼いだ初めてのお金だよ。手の中のお金を見ているとジーンとして目頭がウルウルしてくる。

お客様も、ぼくが涙ぐんでいることに気がついたのか、座っていた床几《しょうぎ》から飛びあがるように立った。

「あれれれ——、どうしたんや。俺が泣かしたんやろか?」

「ちゃいますねん。お客様からいただいた二十文がうれしんどす。すんまへん」

今度はお客の眼が潤んできた。着物の袖口で眼をぬぐっている。

「可愛いことというやないか。俺の二十文で泣いてくれるとは。俺もうれしくて、涙がでてきよる」

「こないにもうてもええのんどすか?」

「ええねん、ええねん。初仕事のお祝いや。見習いさんなんやろ? はよ、ほんもんの舞妓はんになってえな。お座敷へ逢いにいくえ。まいんち通うわ」

「おおきに、おにいはん、おおきに」

これが最初のお客様だった。

チップは全部、ぼくがもらっていいことになっているので、家に帰ってから、自分の部屋の貯金箱に入れた。竹の筒を貯金箱にしたのだ。

茶屋株を取り返すには、この竹筒が何本いるんだろうか。何十本？　何百本？　何本でも、最初の一本から始まるのだ。今日は、その第一歩。

近くに別荘があるという成田屋は、今日は、姿を見せなかった。美人饅頭のお得意さんだというから、そのうちに現れるかもしれない。


実習が始まって二日目。

小僧さんが、ニコニコ顔でいう。

「今日は、瓦版の絵師がなみ香はんを見にきはるそうでっせ」

瓦版はこの時代のチラシみたいなものなんだろう。実物を見たことはない。

「瓦版って、どんなもんどす？」

「読売《よみうり》が売ってる手刷《てず》りの紙ですねん」

「読売？」

「そうどす。見たことないのんどすか？　読みながら売ってはりますやろ。せやから読売どすねん」

なるほど。読みながら売っているのか。それが、現代の新聞の名前になっているとは。

小僧さんの話では、あちこちの美人を図入りで紹介するという企画が大当たりしている瓦版だという。茶店の店主の許可はおりているそうだ。

アヲさんも義兵衛《ぎへえ》さんも成田屋を警戒していたみたいだけど、「なみ香」が瓦版にのったら、成田屋の眼にも入ると思うよ。いいのかな。

「美人御茶屋のなみ香いうたら、べっぴんさんや、いうことでこのあたりでは知らんもんはいいひんくらい有名になってるみたいでっせ」

え？　実習をやるようになって、まだ二日目だよ。

「あ、噂《うわさ》をすればなんとやら、きはったみたいどす」

「こんにちはー。『美人御茶屋のなみ香はん』どすか。『京都美人図鑑』いう瓦版の絵師ですねん。ちょいと絵を描かせてもうてもよろしゅおすか」

瓦版の絵師は、三十歳くらいの粋な男性だった。絵も描けば文章も書くし、版木も彫って印刷もやるそうだ。おまけに読売も自分でやるというから、ひとりで何役もこなすんだ。

「ほんまによう似てはるわ。噂どおりや。とも香はんの妹なんやって？」

「へえ」

瓦版さんは、とも香さんねえさんの絵も、何枚も描いたそうだ。

「とも香はんが舞妓さんをやめはって、都の男どもは寂しい思いをしてたところやったんや。そこへ、妹のなみ香はんがきてくれた。うれしいなぁ」

瓦版さんは、ほんとにうれしそうにいう。ファンのためにとも香さんねえさんの瓦版をだしたけど、自分自身もファンのひとりだったんだそうだ。

雑談しながら、瓦版さんは、「なみ香」の立ち姿、床几に座っているところ、お盆を持って運んでいるところなどを、さささっと素早く筆で墨描きする。男性客のモデルが必要なところはアヲさんがやった。背が高くて男前だから、モデルにはぴったりだ。

小僧さんは少し離れたところから、仕事のあいまに面白そうに眺めている。描くのが素早いので、モデルになった時間は三十分にもならなかったんじゃないだろうか。

最後にいくつか質問に答えて、絵のモデルになる仕事は終わった。

「おおきにぃ。なみ香はんも、お姉ちゃんに負けず劣らずほんまに美人さんやなー。描いてて楽しゅおしたえ。瓦版、楽しみにしてておくれやす」

「うちも楽しおした。おおきに」

瓦版が出るのは二日後、二十八日だという。

瓦版さんは忙しいのだろう、描き終わるとすぐに姿を消した。

翌日の二十七日。実習を始めて三日目になる。

昼八ッごろだった。客足が途切れて、一息ついたときだった。義兵衛さんが改まった顔でいう。昼八ッは、現代の時計だと午後二時になる。

「明日、瓦版がでるさかい、でたらなみ香ちゃん、間違いなく評判になるわ。そうなったら、うちの美人饅頭も行列ができるやろ、と踏んでるねん。明日からは忙しくなるえ。せやし、今日は、これで終わりにしてええさかいな。ゆっくり休んだらええわ」

実習をやるようになって初めての公休だ。

帰るときに、義兵衛さんは、できたての美人饅頭をふたつ、竹皮に包んで持たせてくれた。温かい包みを、袂《たもと》の中に入れる。

「美人饅頭、おおきに。ほしたら、お先に帰らせてもらいます」

初めてもらった休みを利用して、美人御茶屋のまわりを見物しながら鈴乃家へ帰ろうと思った。いつも屋形と茶店を往復しているだけで、ほかのところは歩いていないし、見てもいない。ぼくが知ってる現代の祇園さんと、どこがどう違うか見てみたい。

祇園さんの隣には知恩院《ちおんいん》さんがあるはずだけど、どうなっているんだろう、と枝だけのしだれ桜の前を通りすぎて、知恩院への門をくぐった。知恩院は法然上人《ほうねんしょうにん》が開基《かいき》の浄土《じょうど》宗《しゅう》の総本山だ。江戸《えど》時代に入って、徳川《とくがわ》幕府に保護されて三門などの伽藍《がらん》が整備された。

しばらく進むと重厚な構えの三門が現れた。

石段の前に立って三門を見あげる。重い梁《はり》を支えている幾重にも重なる無数の木組み。どうやって作ったのだろうと、見るたびに不思議に思う。

門構えの太い柱の奥に見える急勾配《こうばい》の石段も、この門に向かって東大路から伸びてくる参道も、ぼくが知っているものと同じだ。

同じものがあることが泣きたいくらいうれしい。三門は人じゃないのに、旧知の知りあいに再会したような気持ちだよ。でも、目の前にあるのは、いつも見ていた三門の百年以上前の姿なのだ。ぼくが知っている知恩院さんとは、眼に見えない年月のへだたりがある。そう思うと重いため息がでてくる。帰りたいよ、平成《へいせい》の知恩院へ。

本堂がある上までいってみよう。

石段を登り始める。急勾配だから、こけないようにゆっくり、一歩ずつ。

石段の途中で立ちどまって見あげると、空が暗くなっている。足もとに注意してあがっていたので、気がつかなかった。雪が降り始めた、と思ったら、あっという間に吹雪になった。風も強いし、雪で視界も悪い。このままあがっていくのはやばいんじゃないか。

上を見ると、雪の向こうにぼんやりと石段のてっぺんが見える。でも、まだだいぶある。

下を見ると……けっこうあがってきていた。こけたら、これは死ぬな、と思ったら急に怖くなった。やばいじゃん。つかまるものはない。近くにはだれもいない。知恩院さんの石段で立ち往生するとは自分でも信じられないけど、急に横殴りの雪が降ってきて、おまけに振り袖を着ているんだよ。

　どうしようか。吹雪がやむのを待つ？

　でも、空は暗いし、雪はすぐにはやみそうにない。背中の着物の襟《えり》がくれたところに雪が吹きこんで冷たい。襟の中に雪が溜まっているかもしれない。

　最悪、両手をついて、はいずってあがっていくしかないか、と思ったときだ。雪の中を、上からだれかおりてきた。紺色の着物と同色の羽織、そして灰色の袴《はかま》、大小をさしている。若い侍だった。

　石段に両手をつこうとして、振り袖が邪魔にならないように縛《しば》って背中へ放り投げた。様子が変だと思ったのだろう。侍は急ぎ足でおりてくると、ぼくの横でとまった。

「どうしました？　手をお貸ししましょう」

　顔を見て、息がとまりそうになった。

　見たこともないほど上品できれいな青年だったからだ。細身で優雅、面長で、肌が透きとおるように白い。なんてきれいな人なんだろう、と見とれてしまった。

　着ている着物の絹が、見るからに上等で、普通の人ではないと直感する。

「あ、あの、怖なってしもうて、足が動かへんのどす」

青年は自分が着ている羽織を脱ぐと、ぼくの背中にかけてくれた。襟ぐりに溜まった雪に気づいたのかもしれない。

「あ、いけまへん。そんなんしはったら、お武家さまがお風邪を召さはります」

「雪には慣れていますから、大丈夫ですよ」

青年はほほ笑む。

掛けられた羽織は、それまで着ていた人の温もりが残って温かかった。この温もりが、この青年の優しさなんだと思うと、ジーンとくる。

「このままゆっくりあがりましょう。私の手につかまって。私が支えていますから、大丈夫ですよ」

「すんまへん」

ぼくの左側に立っている侍は、右手をぼくの背中にまわし、左手で手を取ってくれる。温かい手だった。ぼくの手は冷たい。

侍は細身なのに、思ったより力がある。しっかり支えられていると思うと、安心して、怖くなくなる。

「ゆっくり」

「へ、へえ」

差しだされた手につかまりながら、いわれたとおり、ゆっくりあがる。

どれくらい時間がかかったかわからないけど、てっぺんまであと数段というところで、青年が立ちどまった。上を見ている。なんだろうと視線を追って、ぼくも上を見る。

数人の侍が、石段を数段おりて、緊張した表情でこちらを遠巻きに見守っている。石段の一番上には二十人くらいの侍が、やはりハラハラした様子でこちらを見ているのだ。

青年も侍たちに気づいたけど、気にしていない。再びあがり始める。あと数段で終わりだ。

途中までおりてきていた侍たちも、ぼくたちにあわせて上へ移動していく。

石段をあがり終えた。

侍たちは二十人以上いる。羽織袴をつけて、知恩院さんへ参拝にきたのだろうか。

「なにをしておる」

ぼくの隣の青年が、少し怒ったようにいう。

「はッ。殿が婦人をお助けになるところを拝見しておりました。おふたりともご無事で、なによりでございます」

一番年かさらしい男が身体を硬くして答える。

と、殿だってよ。「殿」って、殿様以外は呼ばないよね。この侍は、どこかの藩の殿様なの？

「見ているだけか？　なぜ手伝わぬ」

「それは……やはり……あの、我々がでていくのは無粋かと存じまして。つい、おふたりに見とれておりました」

青年のきれいな顔が、夕日にあたったように赤くなる。雪は小降りになっていた。

「なにをいっておる。困っている婦人を助けるのは当然のことであろう。そのほうたちは手も貸さず、見ているだけとは、恥ずかしいとは思わぬのか」

まだ手はつないでいる。つないでいることを忘れたように、そのままだ。

「は、申し訳ございません。以後、気をつけますする。殿が婦人をお助けになるときは、すぐお手伝いに参ります」

家臣の言葉に「殿」はうなずいて、手をつないでいることに気づくと指を開いて放した。

「殿、下に駕籠《かご》を待たせてありますゆえ、いま一度下へ。雪も降っております。女坂《おんなざか》をくだるのがよろしいかと存じまする」

さっきから話すのは同じ年配の侍だ。

女坂は、今登ってきた石段の横にある緩《ゆる》やかな石段だ。女坂なら立ち往生することはないし、吹雪でもくだることができる。

「殿」がぼくを見る。

「あなたも参拝後は、女坂をくだるほうがよろしいでしょう」

「へ、へえ。そうします。おおきに。ほんまにおおきに」

ぼくは急いで羽織を脱ぐ。

「あの、これをお返ししな」

羽織を捧げると、青年がほほ笑んだ。

涼しげな眼は切れ長の一重で、薄い唇《くちびる》は夕陽を浴びたようにかすかに赤い。

若いのに、優雅で同時に威厳も備えている。立っているだけで「殿様」だった。

「羽織はお持ちなさい。お風邪を召すといけませんから」

そういうと、ぼくが持っていた羽織を取って、もう一度、背中にかけてくれる。

さっきの年かさの侍が、かしこまった様子だけど、ちょっとうれしそうにいう。

「江戸の表屋敷を出立して以来、殿が笑うお顔を初めて拝見いたしました」

青年が考えた顔になる。

「そうであったか？」

「は、さようでございまする。春からずっと、江戸にてはご心労が多うございましたゆえ」

とっさに、振り袖の中に入れてあった饅頭を取りだして、青年の前に持ちあげて捧げる。

「どうぞ。蒸しあがったばかりのお饅頭どす。お礼にもなりまへんやろけど」

「饅頭？」

「へ、へえ。祇園さんの裏にある美人御茶屋の美人饅頭どす」

美人饅頭という名前が気に入ったのか、青年がかすかにほほ笑む。

「美人饅頭、ありがたく頂戴しましょう」

男の手に、温かい饅頭を渡す。

「殿！」

横に控えていた家臣のひとりが険しい顔でいう。今までしゃべっていたのとは別な家臣だ。

「わかっておる。ここでは食べぬ」

「では、私がお持ち致します」

その家臣が受け取ろうとすると、青年は竹皮の包みを着物の袖に入れてしまった。家臣には渡さなかった。

青年はぼくに向かって軽くうなずくと、踵《きびす》を返した。女坂をくだっていく。家臣なのかボディーガードなのか、付き従う侍たちに取り囲まれて。さっきは二十人くらいだと思ったのに、女坂をくだっていく男たちは三十人か四十人かわからないほどたくさんいた。

前や後ろを武士の一団に囲まれて坂道をくだっていく姿が、上から見えた。雪が降る中を、背筋をまっすぐに伸ばして風のように歩いていく。

どこかの藩の殿様なんだろう。生まれながらの貴公子、って感じだったね。文句なしにカッコいい。男のぼくでも惚《ほ》れちゃいそうだよ。女だったら一目惚れ、だったろうね。

羽織を借りてしまったよ。返すことができるのかどうかもわからないけど、ありがとう。

一団が見えなくなるまで、ぼくは見送っていた。

あの饅頭、たぶん、殿様の口には入らないよ。どこの馬の骨かもわからない女の子からもらった饅頭だもの。殿様が食べるわけはないんだ。家臣に取りあげられてしまうよ。それでも、いいんだ。食べてもらえなくても。気持ちは受け取ってもらえたと思うから。

ぼくはゆっくりと本堂へ向かった。雪が降っているけど気にならない。

本堂を真正面に見あげる位置で立ちどまる。

大きな屋根、廻《まわ》り回廊。ぼくが小さいころからしょっちゅう遊びにきていた知恩院さんだよ。

草履《ぞうり》を脱いで、本堂への階段をあがっていった。

僧侶の読経する声が響いている。あがったりさがったり、独特の抑揚をつけて、唄うように読経する声明《しょうみょう》だ。開山の法然上人ご自身も、こんなふうに詠《よ》まれたのだという。厳《おごそ》かで優雅な声明が響く本堂へ入った。

本堂を参拝してから、雪はやんでいたから境内《けいだい》を歩いてみた。

建っている伽藍や配置は、ぼくが知っているものと同じだ。人間は親から子へと変わっていっても、昔から続く大きな建物は受け継がれていくんだな、と改めて思った。

知恩院さんの鐘楼《しょうろう》へ登って、祇園社へくだる道を歩いていた。山の中の道で、人は通らない。このあたりは真葛《まくず》が原《はら》の北の端に近い。現代の人で、ぼくたちが円山《まるやま》公園と呼んでいるところが、実は真葛が原という原っぱだったことを知る人は少ないだろう。

安養寺《あんようじ》という寺の前を通った。法然上人が滞在して念仏を広めたところだ。近くに、安養寺の僧坊が点在している。

立派な門構えがある建物の前にでた。門の奥に玄関が見えて、玄関までのアプローチは、植栽《しょくさい》がきれいに刈りこまれ、敷石は濡《ぬ》れて黒く光り、客を迎えるばかりになっている。

この門とアプローチは見たことがある気がするよ。

門の上にある『左阿彌《さあみ》』と書かれた扁額《へんがく》を見て思いだした。『左阿彌』は平成にもある料亭だよ。親戚の結婚式の披露宴をやったことがあった。昔は安養寺に属する寺坊のひとつだったけど、幕末に寺坊から料亭に変わったのだ。安養寺の寺坊で平成まで残っているのは、この『左阿彌』だけだ。奥からは三味線の音や人々の賑《にぎ》わいが聞こえてくる。三人の男が奥からでてくるところだった。

三人とも立派な身体で、相撲取りみたいだな、と思って見ていたら、門までやってきたひとりが叫んだ。

「ややっ！」

ほかのふたりも叫ぶ。

「おう！」

「捕まえろ！」

男たちがぼくを取り囲む。

いったい、なんなんだ。

男たちは口もとに下卑《げび》た笑みをたたえている。

「こんなところにいたとは、まさに灯台もと暗しや」

三人の中で一番身体の大きな男がニヤニヤ顔でいう。

ひとりがぼくの腕を捕らえようとしたので振り払った。

「なにしはるんどす」

なんだかわからないけど、くるりと踵を返すと、『左阿彌』の前の道をかけだした。坂道をくだる。

「逃げたで。生意気なやっちゃ。逃げられると思ったら大間違いや」

「うお――――」

男たちは獣のような声をだして追いかけてくる。

草履が邪魔だから、途中で脱ぎ捨てて足袋《たび》で走る。

逃げられないかもしれない、と思ったとき、グワッシッと腕を捕まえられた。

「久しぶりやなぁ、とも香はん」

くるっと身体をひっくり返される。

とも香さんと間違えられているんだ。久しぶりって、とも香さんの知り合いなのか？

相撲取りが、ヨダレが垂《た》れそうな口でニヤッと笑う。

「可愛い顔して、人をだまして、約束破って、旦《だん》はんに大恥をかかせてくれたなぁ。ただですむと思うたら大間違いやで。今度は逃がさへんからな。覚悟しいや」

なんのことをいってるのかさっぱりわからない。

「うちはとも香はんやおへんえ。人違いどす」

一番大きな男が一歩前にでる。

「人違いやと？　この期に及んでしらばっくれて、ええ度胸したはるわ」

男たちがゲラゲラ笑う。

ぼくを間近で見おろしていた男は、ぼくの顎《あご》に指をかけてグイと上にあげる。髭《ひげ》面の脂ぎった顔が、ぼくを見てニヤッと笑った。

「このべっぴんはんの顔を、だれが見間違うかいな。旦はんが、ずっと捜してたんや。今日こそきてもらうで」

男は米俵でも運ぶように、「よいっしょ」とぼくを横向きに抱える。

「な、なにをしはるんどす。うちは『なみ香』どすえ。とも香はんねえさんによう間違えられますけど、ちゃいますえ！」

抱えられたまま叫ぶ。

「なにがちゃいますえ、や。間違えるわけないやろ。ずーっと捜してたんやで」

男はぼくを抱えて歩きだした。坂道をあがってゆく。

近くにはだれもいない。だれかに助けてもらうこともできない。

この相撲取りは、どういう男たちなのかわからないけど、人相が悪いから、善人とは思えない。

「どこへ連れていくつもりどすか」

抱えられているけど、口はしゃべることができる。

「やめとくれやす。放しとくれやす！」

手足もばたばたさせてみるのに、いくら暴れても相撲取りには蚊が飛んできたくらいにしか思えないらしい。

立派な門構えのお屋敷の中に入っていく。門をくぐってから玄関まで、踏み石を伝って植えこみのあいだをしばらく歩いていかなくてはならないような大きな屋敷だ。

「ここは、どこどすか？」

「あんたが逃げだした成田屋はんのお屋敷やないか。忘れたとはいわせへんで」

成田屋！　鈴乃家が茶屋株を押さえられている高利貸しの大金持ち！

詳しい事情は知らないけど、成田屋が茶屋株押さえてるから、鈴乃家はつぶれそうになってるじゃないか。鈴乃家にとっては因縁の敵だ。

建物の中に入ると、ごろんと「玄関の間」に放りだされる。ここは八畳ある。「ぼくの鈴乃家」よりだいぶ広い。うちは四畳だぞ。

宿敵の陣地に入ったというのに、こっちは暴れ疲れて、わめく元気もない。情けないことに、放りだされて転がっているだけだ。

奥から数人の男たちがやってくる。先頭にいるのは、上等な着物と羽織を着た、恰幅《かっぷく》のいい男だ。町人風の髷《まげ》を結っている。年齢は五十代半《なか》ばくらいだろうか。相撲取りと並ぶと、だいぶ背が低い。

その男に向かって、相撲取りのひとりが得意げにいう。

「旦はん、とも香を見つけましたで。この娘、そりゃもう、凄まじく騒ぎまくりましたけど、ごらんのとおり、やっと大人しゅうなりました」

畳の上に転がっているぼくの前に、「旦はん」と呼ばれた男がしゃがみこんだ。

ぼくの顔をのぞきこむようにして、ニヤッと笑う。

中年男のイヤラシイ笑い方に、こっちはゲロがでそうだというのに、男はうれしそうな顔で、ぼくの耳に口を寄せて囁《ささや》くようにいう。息がたばこ臭い。

「なんで逃げたりしたんや」

男はぼくのほっぺたを両手で包む。

「うちはとも香はんやおへん」

必死でいったのに、男はフフッと笑った。

「なにを寝ぼけたこというてんにゃ。逃げようと思って、口からでまかせいうたとしても、もうちょいとましな嘘を考えなあかんなぁ。この顔がとも香やないって？　だれが信じますかいな」

男の手は、ぼくの頬を挟んだままだ。

「こうして、とも香がワシのところへ戻ってきてくれたんも、祇園さんのご加護やなぁ、みんな」

「旦はんのいわはるとおりどす」

まわりの男たちが、みんなうなずく。

旦はん、と呼ばれる中年男が立ちあがった。

「すぐに二階を仕度して、とも香を連れてってんか」

「へぇ、ただいま」

相撲取りのひとりが走り去り、もうひとりがぼくを抱えあげようとしたので断った。

「自分で歩いていきますさかい、触らんといておくれやす」

フンだ。

歩き始めると、ふたりの相撲取りが前と後ろからぼくを挟んで一緒についてくるから、逃げられそうにない。

階段をあがって、相撲取りが二階の部屋のひとつの襖の前でとまった。襖をあける。

中には布団が敷いてあった。それも、普通の布団より幅広のダブルサイズで、色は眼にも鮮やかな深紅。その布団の上で待っているようにいわれる。

「なんどすか、これは」

「なんどすかって？　決まってるやないか。あんたにすっぽかされた水揚《みずあ》げや。今から旦はんがしはるんや」

水揚げ？　ぼくはとも香さんじゃないのに、とも香さんと間違えられて水揚げされるなんてまっぴらごめんだよ。それに、ぼくは男だよ。旦那さんが期待しているのは可愛い女の子だろう。見当外れもいいとこだよ。

今の花街ではなくなって久しいけれど、昔は「水揚げ」というものがあった。

客の中で、特定の舞妓の世話をしたいと思う男性は、その舞妓の「旦那さん」になることができた。旦那さんになるには、まず大金が必要だったから、大金持ちだけがなれたらしい。舞妓がその男性客を好いているかどうかは、関係なかったみたいだ。

旦那さんといっても、花街に通ってくる男たちの多くは既婚者だから、結婚するわけではない。妾《めかけ》になるということだ。旦那さんが独身だったら、普通に結婚すればいいのだし、その場合は水揚げとはいわずに結婚という。

舞妓は旦那さんのお世話になるかわりに、その旦那さんにいろいろと尽くさなければならない。そんな流れの中で、舞妓が初めて旦那と一緒に夜を過ごすことを「水揚げ」という。

でも、こういう「水揚げ」の風習は昔の話で、現在の花街には存在しない。みんな自由に恋愛している。

襖があいて、旦はんが入ってきた。真っ白い着物に着がえている。見ただけで最上級の羽二重《はぶたえ》だとわかる。

旦はんと入れ違いに、相撲取りたちが部屋からでていく。

布団の上にいたらヤバイと直感して、布団からおりて部屋の隅へ移る。旦はんは、そんなぼくを面白そうに見ている。

旦はんはぼくのいるところにくると、膝《ひざ》をついて、ぼくが羽織っていた紺色の羽織を取ってしまう。両肩をガシッとつかまれて痛い。

「いよいよや、というときにワシの前から消えよって。え？　大人をコケにして。可愛い顔して、ここまで大胆なおなごやったとはなぁ。もう許さへんで。観念せい」

「あの、なにかの間違いどす。うちはとも香はんねえさんやおへん。よう似てる、いわれますけど、とも香はんねえさんには会《お》うたこともありまへん」

「なにをごちゃごちゃいうとるんや。下手な芝居をしても無駄や。今日は逃げも隠れもでけへん。ええな」

よくない。ぼくはとも香さんじゃないのだから。

旦はんが、ぼくの帯締めに手をかけた。解こうとしている。

舞妓の衣装は、普通の着物と違って、たくさん着こんでいるし、かっちり着付けている。そう簡単には脱がすことはできないはずなのに、アヲさんの着付けは、ぼくが知っている舞妓さんの着付けに比べると、だいぶ緩い。というか、アヲさんというより、この時代は、だいぶ緩く着付けるのだろう。

帯締めは旦はんの手で簡単に解かれてしまった。次は帯揚げが外される。

旦はんの手の動きが、むちゃくちゃ速いのだ。次から次へと無駄なく動く。女の着物を脱がせるのに手慣れている。

気がついたときは帯が引っ張られて、くるくるくるーっと身体が回って、時代劇の「あれー、お代官さまー」状態だった。帯が外されると、赤い緋《ひ》しごきが現れる。このまま大人しくしていたら、着物を脱がされてしまう。

なんとかしないと！　着物の下はノーパンだ。ひと目で男だとバレる。

それよりなにより、このオヤジにハダカを触られるのは嫌だ！

やんわりと旦はんの手を押さえる。

「あ、あの、旦はんは、今からうちを水揚げしはるおつもりどすか？」

「そうや」

当然だろう、というように旦はんは胸をそらせる。ついでに恰幅のいい腹も前にでる。

「ほしたら、うちにも、そのつもりで仕度をさせておくれやす」

哀願するようにいう。

とにかく、水揚げが始まるまで少しでも時間を稼がなくては。時間があれば、なにか名案も浮かぶかもしれないじゃないか。

「仕度？　どんな仕度や」

「白い羽二重の寝間着を、うちも欲しおす。それと、寝間着を着る前に湯を使わせておくれやす。せめてもの、おなごのたしなみどす」

「湯を使いたいというのんか？　せやな。きれいな身体のほうが、可愛がりがいもある、いうものや。すぐに寝間着と風呂の仕度をさせるわ」

解かれた帯を締め直すことは無理そうだったので、脱がされた羽織を拾って羽織る。

「湯を使うて、きれいな身体になったら、これから明日の朝まで可愛がったるさかいな」

旦はんはニヤついた顔でいう。

これから朝までオールナイトだって？　まだお昼だぜ。なにを考えてるんだ、この男は。

そんなのは、こっちが断る。

旦はんは、ぼくを湯殿《ゆどの》まで連れていくように相撲取りのひとりに命じた。

相撲取りが、ぼくを抱えあげようとしたので、断って、自分で歩いた。

廊下の角を何回か曲がって、着いた湯殿には、脱衣場に女性がひとりいた。四十歳くらいの落ち着いた感じの女性だ。着物の上に白い上っ張りみたいなものを着て、女中さんみたいだ。脱衣場は三畳の畳の部屋になっている。

「どうぞお風呂をお使いになっておくれやす。ちょうどええお湯加減になってると思いますえ。お手伝いさせてもらいます」

女性は紺色の羽織をぼくの肩から取ると、髷に挿してあるかんざし類を取っていく。取り外したものは、置いてあった竹籠《かご》の中に並べる。平打ちかんざしや銀ビラも外す。束ねた前髪をくくっている赤い「前髪さんくくり」も外す。頭についていた飾りは全部外された。

次に女性は、着物を脱がせようとして、帯の下に締めていた緋色のしごきに手をかけた。着物は脱ぎたくない。

女性の手を押さえる。

「あ、うちが自分でやるさかい、だ、大丈夫どす。おねえはんは、外の廊下で待っててくれやす。手ぇを貸してほしいときは、声をかけさせてもらいますさかい」

「そうどすか。そしたら、廊下に控えてるさかい、いつでも声をかけとくれやす」

「そうさせてもらいます。おおきに」

女性を脱衣場から追いだすことに成功。

風呂場への戸をあけると、湯気がもうもうとしている中に湯船がある。壁も湯船も木でできている。

ここからどうやって脱出するか。脱衣場からでたら、女性が見張っている。

ほかに出口は？

見渡してみると、湯船の向こう側に窓がある。ぼくの背より高いところと、床すれすれのところの二カ所。上の窓は格子の引き戸が半分あいている。下の窓は窓というより通気口みたいなもので、なにもはまっていないけど、狭すぎて身体が通りそうにない。

上の窓は、湯船の縁に立ってよじ登れば、なんとかなりそうだ。見張りの女性も、「女の子」がまさかあの高さまでよじ登るとは思わなかったとみえる。こっちは男だからね。やろうと思えばできるんだよ。

振り袖が邪魔だ。脱いで、ここに置いていくことにする。

着物を脱ぐと長襦袢《じゅばん》姿だ。これはさすがに生々しいので、脱がされた羽織を拾って羽織った。羽織ると、これを貸してくれたあの侍がそばにいてくれるような気がして、少しは心強い。

さあ、いざ実行だ。

木の湯船の縁は幅が三センチか四センチくらいだ。その上に乗ってみる。

大丈夫、乗ることはできる。次に窓枠に手をかける。足で壁をよじ登るようにして窓の敷居をまたぐ。

庭が見えた。立派な築山の裏側みたいだ。女性がふたり、廊下で立ち話をしている。

湯殿の窓の外側にぶらさがるような格好になって、地面に着地した。

でも、ここにじっとしているのはまずい。風呂場からぼくが逃げたことがわかったら、すぐに捜しにくるだろうから。どこかへいかないと。

築山の樹木の繁みの中を、そろそろと、人がいないほうへ移動する。

また別な庭が現れる。今度は池があって、小川が流れている。

人の足音が聞こえる。廊下をかけまわっている音だ。

「とも香」が消えたことに気づいたのかもしれない。

どこかに隠れないと。

きれいに掃き清められた庭には、繁みくらいしか隠れるところはない。繁みといっても、冬だから、たいした繁みではない。

身を隠せるところは……見回すと、廊下の下に眼がいく。あそこなら、もぐっていたら見つからないかもしれない。

庭を迂回《うかい》して廊下の下に入る。入ってみると、思ったより奥行きがなくて、身体をすべて隠すことができそうにない。ここではすぐに見つかりそうだ。

と、そのとき、ぼくが隠れている廊下の上にある部屋から、だれかがでてきた。足音が遠ざかっていく。

人気がなくなって顔をだすと、少しあいている障子の隙間から部屋の中が見えた。だれもいない。押し入れがある。あの中に隠れたらどうだろう。

人の怒声が近づいてくる。やばいよ。

縁の下から廊下にあがって、すぐに部屋の中に入る。八畳くらいの部屋で、文机《ふづくえ》の上に読みかけの書物が開いたまま置かれている。床の間には白磁《はくじ》の壺《つぼ》に紅梅の枝が生けられ、床の間の横には三味線が置いてある。

押し入れの中に入ろうとして、あけてみて驚いた。ぎっしりと書物が積みあげてあるじゃないか。これじゃ、隠れることはできないよ。

どうしたらいいだろう。

部屋の隅に屏風《びょうぶ》が置いてある。樹の下に舟が一艘《そう》浮かんでいる水墨画が描かれている。

あの裏側に隠れたらどうだろうか。ほかに隠れるところはない。廊下にでたら、すぐに見つかる。

屏風の後ろへ身体を滑りこませた。息を潜めてじっとしていること二、三分、障子があいて、だれかが入ってきた。

第五章　成金の息子

入ってきたのは、さっきでていった人だろうか。

外が騒々しい。数人の足音が入り乱れて聞こえる。逃げた舞妓《まいこ》を捜しているのだろう。

もし、見つかったらどうなるんだろう、と思うと、心臓がドキドキし始める。

三味線の音あわせをしている調弦の音がして、なにかを弾き始めた。弾くだけで唄は唄わない。聞いたことのない曲だ。

「すんません」

廊下から声がする。さっきの相撲取りのひとりみたいだ。

障子があく音がする。

「舞妓がひとり逃げたんですが、ここにはきいしまへんどしたか」

「だれもきていませんが」

男が返事をする。低くて、艶《つや》っぽくて、聞いてるだけでゾクゾクしてしまうような声だ。

声に男の色気を感じたのは初めてだ。

でも、この声は……聞いたことがある気がする……。

「ほしたら、見つけたら、逃がさんと捕まえといておくれやす」

「舞妓を『捕まえる』とは、穏やかではありませんね」

「旦《だん》はんが捜してはった、あのとも香《か》どすねん」

なるほど、と男がうなずくのが気配でわかる。

「あのとも香」だってよ。とも香さんって、どういう舞妓さんだったの? アヲさんは、ものすごい売れっ子だったといってたけど、ここでは悪者みたいにいわれているよ。

「逃げだした舞妓ですね。捕まえたら知らせますよ」

「ほしたら、よろしゅう、おたの申します」

障子がしまる音がして、相撲取りが立ち去ったみたいだ。

また三味線の音が聞こえ始める。今度は唄も聞こえる。低い声で、節まわしにやたら色気がある。

屏風の陰から、そーっとのぞいてみると、三味線を弾いている男を横から見ることができた。屏風からは二メートルくらい離れたところに座っている。

黒い着物を着て、同じ色の羽織を羽織っている。袴《はかま》ははいていない。大小の刀は、すぐ横に置いてあった。

鼻筋の通った横顔……あっ、あぁーっ！　この顔は、会津《あいづ》軍入洛のときに、ぼくを助けてくれた男じゃないか。また会ってしまうとは。

でも、なんであの男が、ここにいるのだ？　ここは、男の家なのか？

突然、三味線の音がとまった。

ドキン。

突然だったので、心臓がびっくりする。のぞいていた顔をそっと引っこめた。

男の声が低く響く。

「そこにいるのはだれですか」
ド、ドッキーン！
ば、ばれてるよ。

「さっきから気配を消していたつもりでしょうが、呼吸する音がしっかり聞こえていましたよ。でてきなさい」

逃げても無駄だと、直感的に思った。でも、この格好で男の前にでるのは抵抗がある。

「あの、うち、ちょっと恥ずかしい格好してるんどす。せやしでていきとうおへん」

「恥ずかしい格好とは、男心を計算していっているとしか思えませんね。そんなことをいわれると、ますます見たくなるのが男というもの」

「計算してるわけやおへん。ほんまに長襦袢《じゅばん》姿なんどす。羽織を羽織ってますけど」

「羽織を羽織っているなら大丈夫でしょう。なにもあなたを取って食おう、というわけではありませんから」

羽織の前をしっかりかきあわせて、そろそろと屏風の後ろからでていく。

むちゃくちゃ緊張する。

この男とは、会津軍の行進のときに一回会っている。でも、あのときは「小野貴史《おのたかし》」だった。今は「なみ香《か》」だ。着ているものも髪型もまるで違うけど、同一人物だと見抜かれてしまうんだろうか。もしバレたら、と思うと、心臓がドキドキだ。男が舞妓の格好をして、どういうことだ、と詰問するだろうし、場合によっては鈴乃家《すずのや》や美人御茶屋《びじんおちゃや》まで恥をかくことになる。

男の前にきちんと座って、両手をついてお辞儀をした。

「黙ってお部屋に入ってもうて、すんまへんどした」

頭をさげたままでいると、声がかかる。

「顔をあげて」

いわれたとおり、顔をあげる。男と真正面から見あっている。

胸が波打っているんじゃないかと思うくらい心臓が激しく打ってる。

眼光の鋭い男だ。見抜いているかもしれないけど……あくまでも初対面を装うしかない。

「どうしてこの部屋に隠れたのですか」

男の顔には、なんの感情も表れていない。きわめて冷静な顔で事務的にたずねる。事務的だけど、その眼は、どんな小さなことでも見逃すまい、というように隅々まで見ている。

適当な嘘も思いつかなかったので、本当のことをいった。知恩院《ちおんいん》さんを参拝して、鐘《しょう》楼《ろう》からくだってくる途中で相撲取りに捕まえられて、強引にこの屋敷へ連れてこられたこと、水揚《みずあ》げだといわれて風呂に入るふりをして湯殿《ゆどの》から逃げだしたんだ、と説明する。

「湯殿から逃げてきたのですか」

男が苦笑する。

「それでは、父もさぞかし立腹しているでしょうね」

父だって？　この男は、あの旦はんの息子なのか？　全然似てないよ。

会津軍上洛のときに会っている、とは思っていないようだ。

このまま思いだしませんように！

いや、待てよ。わかっているのに、気づいていないフリをしている、ということも、この男ならありうる。

こっちは背中に冷や汗をかいているというのに、男は愉快そうにいう。

「ご馳走《ちそう》を目の前にして、いよいよ食べるぞ、と箸《はし》を手にしたら、器の中の料理が消えてしまったのですからね」

父親のご馳走が逃げたことを面白がっているみたいだ。

「あの、旦はんは、お武家さまのお父様どすか？」

「ええ。血を分けた実の父親ですよ」

町人の父親に、侍の息子、という組みあわせはあるのか？　不思議。

首を傾げると、男が口の端でフッと笑っていう。

「なにを考えているのかわかりますよ。町人の息子が侍になれるのか、と思ったのでしょう？」

ドキッ。心を読まれちゃったよ。なにを考えているのか、この男には見透かされてしまうのかよ。用心しないと。

「そ、そうどす」

「なれるのですよ。お金さえ積めば」

「へ？　お金、どすか？」

意外な答えで驚いた。

「世の中すべて金次第。旗本《はたもと》になりたければ旗本株を買えばいいし、御家人《ごけにん》株なら、もっと安く手に入りますよ」

「へ？　そんなもんなんどすか？」

「ええ。そんなものです」

武士の身分は、武士ではない階級に生まれた男たちの憧れだったのだろう。新選組の隊士には農民出身の者がいる。彼らは武士の身分を、金ではなく剣術の腕で勝ち取った。

「旗本」と「御家人」は、なにがどう違うのかわからなかったので、男にたずねると説明してくれた。

「『旗本』も『御家人』も一万石に満たない幕府直属の家臣なのですが、『旗本』は将軍にお目見えでき、『御家人』は、将軍にお目見えできない、という違いがあります」

一万石以上になると、大名と呼ばれるそうだ。

そういえば、本で読んだことがある。勝海舟《かつかいしゅう》や坂本龍馬《さかもとりょうま》の家も、株を買って武士になった家だって。幕末のあの有名なふたりがだよ。ふたりとも先祖代々の武士じゃなかったからこそ、幕末の動乱の中にあっても自由な発想でものを考えることができたのかもしれない、ともいわれている。

「株を買うには、お金持ちやないとあかんのどすやろ？」

「そうですね。旗本株は三万両はしますから」

三万両というと、今のお金にしたらいくらくらいなんだろう。

江戸《えど》時代は長いから、時期によって一両の価値が変わる。幕末のころの貨幣換算もいくつか説があるみたいだけど、ぼくが記憶しているのは「文久《ぶんきゅう》のころは一両三万円」だ。

それで計算すると、三万両は、な、なんと九億円だよ！　すごいよ。口から泡をふきそうな金額だ。ぼくにはわからないけど、旗本になる、ということは、それだけの価値があるということなんだろうか。

男がぼくを吟味《ぎんみ》でもするように眺めてから不思議そうにいう。

「ところで、男物の羽織を着ていますね。どうして、そんな格好をしているのですか」

知恩院の石段で足がすくんで、若い侍に助けてもらったこと、雪が降っていたので、この羽織を貸してくれたこと、などを説明する。

「その羽織を見せていただけますか」

「へ？　これを、どすか？」

これを脱いだら下は長襦袢だ。脱ぎたくなかったけど、男の鋭い目つきに拒否できなかった。

羽織を脱いで男に手渡す。男は背中にある家紋を見て、顔をあげる。

「どんな男でしたか」

容姿端麗《たんれい》で上品な青年武士だったことを説明する。

「なるほど。その侍が、羽織を着せかけてくれたのですか。たいした男を拾いましたね」

「へ？　拾った？　なんも拾ってまへんえ」

「拾ったも同然ですよ。あの男を拾うとはね」

どういうこと？　この男には、羽織を見ただけで持ち主がわかるのか？

「これを着ていはったんがどなたはんか、わかるんどすか？」

「この紋をご覧なさい」

羽織の背中についた紋を指さしている。「三つ葉葵《あおい》」だ。

「徳川《とくがわ》さまのご紋に似てはりますけど……」

「徳川宗家の紋とは少し違います。会津葵ですよ」

あいづあおい？

男の説明によると、これは会津藩の紋で、会津は徳川宗家と関係が深いので、葵を使っているのだという。

「会津は、藩祖が二代将軍、秀忠《ひでただ》の息子、保科正之《ほしなまさゆき》なのです」

保科正之なら、名前は知っている。学校で習った。

二代将軍秀忠というと、徳川幕府を開いた家康《いえやす》の息子だ。織田信長《おだのぶなが》の妹であるお市《いち》の方《かた》の末娘、お江《ごう》を正室に迎えている。保科正之は側室の子供だからお江の息子ではない。三代将軍家光《いえみつ》の母親違いの弟、ということになる。

「この羽織を着ていたのは、上品で端整な顔立ちの男だったとおっしゃった。そうなると、会津藩主、松平肥後守《まつだいらひごのかみ》ですね」

「ひゃー、すごおすなぁ。羽織の家紋を見ただけで、だれなんかわかってしまうんやさかい」

「家紋がついた着物を着る、ということは、自分がどこのだれなのか公表している、という意味があるのですよ」

なるほど、そうなんだ。これからは、着物の紋に注目しよう。

「松平肥後守いうたら、京都守護職にならはって、先日、上洛しはった会津の殿様、どすな」

「そうです。会津中将《あいづちゆうじよう》・松平容保《かたもり》公です」

羽織を貸してくれた侍が松平容保公だったとは。上洛の行列を見たとき、殿様の顔は見なかったから、助けてもらったときにはわからなかった。

「会津藩主」、「会津中将」、「松平肥後守」、「松平容保」など、いろいろな呼び方があるけど、すべて同じ人物のことだ。

会津藩主の松平容保は、幕末の京都で、京都守護職として新選組を配下に置いていたことでも知られている。血の粛清《しゆくせい》のイメージが強い新選組だけど、その指揮官があんなに優雅で上品な青年だったとは。

容保公は幕末の京都関係の本を読めば、必ず名前がでてくる。美青年として有名な殿様だ。本に載ってる写真も見ているけど、知恩院さんで助けてくれた青年は、写真で見るよりはるかに美しかった。匂うがごとく麗《うるわ》しかった。

「今、都の娘たちがしきりに噂《うわさ》している会津中将から羽織を賜《たまわ》るとはね。よほどあなたが気に入ったのでしょう」

男はひとりでうなずいている。

「ちゃいますえ。急に吹雪いたさかい」

男の手から羽織を引っぱって取り返すと、袖を通す。

男がニヤッと笑う。

「惚れましたか。この羽織の持ち主に」

「べつに……長襦袢だけやと寒いんどす」

男はへー、と人を小馬鹿にしたような顔でニヤついている。まったくイヤな男だ。

「さて」

男が、松平容保公の話から話題を変える。

「あなたをどうしましょうね。父は血眼《ちまなこ》になって捜していますよ」

そういえば、さっき、「捕まえたら知らせる」と男がいっていたことを思いだした。

パッと両手をついて訴える。

「うちは、旦はんが捜してはるとも香はんねえさんやおへんのどす。人違いなんどす。そっくりやって、よういわれますけど、うちはとも香はんねえさんを知りまへん」

「それは、ただのいい逃れでは？　とも香ではないから逃がしてほしい、というのでしょう」

「ほんまに違うんどす！　よう見とくれやす」

自分の顔を男の顔の前に突きだす。顔と顔が五センチと離れていない。

男は驚いたのか一瞬、眼を見開いたけど、すぐに元の顔に戻った。ぼくの肩を押しのけるようにしていう。

「あいにくと、とも香という舞妓の顔を知らないのでね」

へえ、そうなんだ。京の三美人のひとりだったとも香さんを知らないとは。舞妓に興味がないのかな。

もう一度、両手をついて頭をさげる。

「ほんなら、うちのいうことを信じておくれやす。お願いどす。うちを、旦はんところに連れていかへんように、どうぞ、どうぞ、おたの申します」

ここは頼み倒すしかない。助かる道は、この男にすがるしかないのだから。

「連れていかなかったら、私がさっきの男に殴られますよ。半殺しにあって、半年ほど寝て暮らすことになるでしょうね。へたをすれば殺されるかもしれない」

「へ？　そないにひどいことをしはるんどすか？」

ぼくがびっくりすると、男は真剣な顔でうなずく。

「力自慢の男たちですからね。加減というものを知らない。ひとひねりで、男の首根っこくらいへし折りますよ」

「そんな……」

恐ろしい話を聞かされて、ぼくは戦意が折れそうになっている。

「ほんなら、うちがこのお部屋からでていきます。ここには立ち寄らなかったことにするさかい、おにいはんは知らんことにしておかはったら」

ぼくが立ちあがろうとすると、男はぼくの手を捕まえた。

「お待ちなさい。今でていったら、すぐに見つかりますよ。ここは屋敷の中でも最も奥まったところです。外へ逃げる道はありません。見つかって、今度こそ無理矢理、風呂に入れられて、父の閨《ねや》に連れていかれるでしょう」

そんな……どうしたらいいんだよ。

立ちあがろうとしたのに、へなへなと、また座ってしまう。

そんなぼくの様子を、男は黙って見守っている。

逃げる方法を考えようとしても、なにも浮かんでこない。

男が不意にいう。

「助けてさしあげてもいいですよ」

「へ？」

ぼくにはものすごく重要なことなのに、男はなんでもないことのように顔の表情ひとつ変えずにいう。

眼をぱちぱちさせて、男の顔を見る。

父親を裏切ることになるんだよ。大丈夫なの？

面白半分でいってるとも思えない。真意はなんだろう。

「このまま、今からあの男のものになりますか」

男の口が笑いだしそうになっている。面白がっているのだ。人が困っているというのに。

ぼくはぶんぶん首を振った。

「イヤどす！」

あのメタボ入ってる中年オヤジと一緒に寝たくない。

「では、お助けしましょう。とも香に執着《しゅうちゃく》している父の気持ちを一瞬で断ち切る方策が、ひとつだけあります」

そ、そうなの？

どんな方策を考えているのか知りたいけど、聞くのが怖い気もする。

男はぼくをジッと見入るようにしていう。

「私の女におなりなさい」

は？　今、なんていった？

意味がわからなくて、男の顔を見つめる。

男は真面目《まじめ》な顔をしていう。

「それしかありませんね。私の女になれば、父から逃れられますよ」

なんと。それしかないだってよ。男のぼくが、この男の「女」になる？

ありえない話だよ。

「私の女になれば助けてさしあげましょう。今だけでなく、生涯にわたってお助けしますよ」

え？　生涯にわたって……だって。

腰が抜けそうになってる。こんなこといわれたのは初めてだし、ぼくは男で、相手も男だけど、胸がドキドキして言葉がでてこない。

「あ、あの……」

ぼくは放心状態で、喉《のど》がカラカラだ。

女が男のものになる、ということは、つまりあれだよな。夜のお相手をする、ということだよね。

「ここからでていって、父の女になるか。ここに残って、私の女になるか。ふたつにひとつ。今すぐ選んでください」

今すぐって……なんて恐ろしい二者択一だよ。こんな経験、今までしたことないよ。

泣きそうだよ。でも、確認しておきたいことがある。

「その前に、ひとつ、うちのいうことを聞いとくれやす。信じてもらえへんみたいどすけど、うちはとも香はんねえさんやおへん。逃げたとか、だましたとか、旦はんはいうたはりましたけど、聞いてもうちにはなんのことやらわからしまへんねん。せやし、教えとくれやす。とも香はんねえさんが、旦はんに、なにをしはったんか、知りとおすねん」

男は、額《ひたい》がくっつくくらいまで顔を近づけて、ぼくを見る。

「いいですよ。お話ししましょう。そのかわり、自分がとも香ではないというなら、私が納得できるように説明してください」

「へ、へえ。お約束します」

「では、話してさしあげましょう」

男は立ちあがって障子をあけて、廊下にだれもいないことを確かめる。

戻ってくると、すぐに話し始めた。声は少し落としている。

「父はとも香を水揚げすることにして、大金を鈴乃家に払ったんですよ。水揚げの晩、とも香との初夜を楽しみにして、父はこの屋敷の茶室で待っていた。とも香は白い羽二重《はぶたえ》の寝間着を着て、侍女が持つ提灯《ちょうちん》の灯《あか》りに導かれて、花嫁のように初々《ういうい》しく父が待つ茶室にやってきた」

すごい話が始まっている。想像すると、美しいのかおぞましいのか、どちらなのかわからない。

「そこまではよかったのです。侍女たちもさがり、いよいよ父が待ち望んだことを始めようとしたとき、とも香は手洗いに立った。ところが、待てど暮らせど戻ってこない。結局、夜が明けても戻ってこなかった。つまり、父は夜じゅうお預けを食らった犬のように待たされた、大金を払った舞妓に逃げられた、ということですよ」

それはすごい話だ。でも、信じられない。

「お父様、アホちゃいますのん。お手洗いにいって戻ってくるんを一晩じゅう待ってはるやなんて。しばらく待って戻ってきいひんかったら、すぐに捜すべきやったんやおへんか。それに、お手洗いへは、お供をつけるとか」

「たしかに、そのへんは父の甘いところでしょう。とも香が自分を捨てるはずはない、と信じて疑わなかったようですしね。しかし、舞妓がひとりで寝間着のまま深夜の都大路《みやこおおじ》を逃げおおせるとは考えられない。だれか、手引きした男がいたはずです」

思い浮かんだのはアヲさんだった。

アヲさんは、とも香さんのことでは自分が悪いんだといっていたよね。とも香さんを逃がしたのがアヲさんだったとしたら……考えすぎだろうか。

「そのころ私は江戸《えど》にいたので、この水揚げ事件はあとで知ったのですが、ことの顚末《てんまつ》はすぐに京雀《きょうすずめ》の噂の種になって、都じゅうに知れ渡ったようですね。父はいい笑いものになった、ということです。まぁ、常々、遊びが過ぎる嫌いがありましたから、いい薬だったと母は思っているようですが」

男が言葉を切った。

「そんなことがあったんどすか……ほしたら、水揚げ金はどうなったんどす？」

「全額戻ってきましたよ」

え？　戻ってきたの？　鈴乃家が成田屋《なりたや》に借金しているわけじゃないんだ。それじゃ、なんで茶屋株とられたの？

「あの、鈴乃家は、成田屋さんに茶屋株を押さえられている、と聞いてますねんけど、どういうことどすか？　なんぞ別な借金でもしてるんどすか？」

「腹の虫が治まらない父が、鈴乃家に償《つぐな》い金を請求したんですよ。よくも恥をかかせてくれたな、どうしてくれる、といってね」

償い金？

あまり聞いたことがないけど、男の話からすると、現代の「慰謝料《いしゃ》」に相当するらしい。

「償い金は、いかほど？」

「水揚げ金と同額」

うわー、同額だってよ。倍返し、ということだ。さすが成金のやることは違う。転んでもただじゃ起きないんだ。

「鈴乃家側は、そんな金はないというので、父は茶屋株を取りあげたらしいですね」

そういうことだったのか。フー、聞いてるだけでも肩に力が入る。

「ほしたら、鈴乃家が償い金を払えば、茶屋株は返してもらえるんどっしゃろうか」

「期限が切ってあるなら、期限内に返せば戻ってくるでしょう」

男は、期限については聞いていないので、わからないという。

期限があるなら、やばいぞ。

「今日も同じことが起ころうとしている。湯殿へいったはずの舞妓が戻ってこない。どこかへ消えてしまった。まさにあの晩の再現ですよ。二度目ですからね。ただでは済まされないでしょう」

水揚げ直前に舞妓に逃げられたとあっては、旦那さんにしてみたら、当然、怒るよ。屋形だって非難される。でも、それだからといって、顔が似ているというだけで、ぼくが今日、とも香さんのかわりに水揚げされる、ということにはならないよ。

でも、もし……。

「あの、うちが旦はんに水揚げされてもええと思ったら、鈴乃家の茶屋株は戻ってくるんどっしゃろか」

男は即うなずく。

「もちろん」

うわー、そうなんだ。

「うちはとも香はんねえさんやおへんのどすえ」

「あなたがとも香本人ではないとしても、よく似ているというだけで、父には十分でしょう。とも香だといって通してしまえば、とも香が自分のところに戻ってきた、と世間にいうことができますからね。つまり、父は、一度はつぶされた父の面目も、なんとか保つことができる、というものです。とも香がダメなら、あなたでいいのです」

　なんと恐ろしいことをいうのだ。

「あなたがこれから屋形に逃げ帰っても、父が屋形に乗りこめば女将《おかみ》はあなたを差しだすでしょう。あなたを差しだせば、茶屋株は返ってくるのですからね」

　ひぇー、そ、そうなんだ。ぼくがあのオヤジの「女」になれば、茶屋株問題は解決するのか。でも、男のぼくは「女」にはなれないよな。

　男は、鋭い目でぼくの気持ちを見透かすように見ている。

「一生、あなたが父に尽くす気持ちがあるのなら、今から父に水揚げされたらいいでしょう。父は大喜びで新しい屋敷を建て、あなたを迎えるでしょう。でも、またもや途中で逃げたりしたら、いくら可愛がっている舞妓でも、二度目は許さないでしょうね」

　そうだよな。

　それにだよ、ぼくが水揚げされることを了承したとしても、男の舞妓だとわかったら、あのオヤジが拒否するに決まってる。水揚げ話は、最初から無理なんだよ。ほかのやり方で、茶屋株を取り返すしかない。

男は、ぼくが考えていることまではわからないと思うけど、同情してくれるようにいう。

「無理なことはしないほうがいい」

そのとおりだ。無理だ。

「さあ、私は話しましたよ。今度は、あなたが説明してくださる番です」

「へ、へえ。お話しします」

どこから話したらいいのか迷ったけれど、数日前、気がついたら、どうも「別な鈴乃家」にいるようで、わけがわからなかったこと、「ぼくの鈴乃家」には芸舞妓がいて賑《にぎ》やかなのに、「こっちの鈴乃家」は芸舞妓がひとりもいなくて、年配の女将がいるだけだったことなどを説明する。

「鈴乃家の息子はんは、鈴乃家は茶屋株を取られてもうて、営業でけへんし、このままやったら、そのうちにつぶれるやろ、というたはりました」

「そうですね。父は恥をかかされた恨みがつのって、鈴乃家をつぶそうとしていますからね。鈴乃家が祇園町《ぎおんちょう》から消えるのも、そんなに遠くはない、と世間も見ていますよ」

なんと！　そんなことになったら、平成の祇園町に鈴乃家はないことになる。鈴乃家がなかったら、ぼくだって生まれてないかもしれないんだ。鈴乃家はつぶさせない！

「せやし、鈴乃家を盛り返すために、鈴乃家の息子はんは、うちを舞妓にさせようとしはったんどす」

ぼくの顔がとも香さんという人気のあった舞妓に似ているという理由で、「なみ香」という名前を付けられて見習い茶屋で実習を始めて数日たったのが今日で、歩いていたら相撲取りの男に無理矢理この屋敷へ連れてこられたんだ、と説明した。

ぼくが本当は男であること、ぼくがいた鈴乃家はこの時代より百年以上先の時代の鈴乃家だ、ということは話さなかった。説明しても信じてもらえる可能性は低いし、説明するのが面倒だということもある。

「今、うちがいったこと、全部ほんまどす」

男はうなずく。

「気がついたら『別な鈴乃家』にいたと？」

「そうどす」

男はしきりに首を傾げてなにか考えている。

「にわかには信じがたい話ですが……あなたの話を信じるという約束でしたから、信じますよ」

へー、腹の底では信じていないかもしれないけど、そういってくれるだけでも、ちょっとうれしい。息子はオヤジに比べると、案外まともなのかもしれない。

「お互い、腹を割って話したところで、どうなさいますか。父の女になるか、私の女になるか」

男はすごいことを事務的な口調でいう。

そうだった。二者択一。ぼくが選ぶようにいわれているのだ。

どっちの「女」になるか、といわれたら、見た目は、オヤジより息子のほうがだいぶいいさ。それに知識も豊富そうだし、若い分、頭も柔らかそうだ。ぼくが幕末で生き延びていく知恵を持っていそうな気もする。選ぶなら息子だけど……だれかの「女」になりたくないよ。

でも、ほかに選択肢がないんだ。

わー、どうしよう。

ここはいうしかない！　オヤジに水揚げされないために。

ぼくは両手をついて、頭をさげた。眼をぎゅっととじる。眼をあけてたらいえないよ。

「うちは……」

次の言葉がでてこない。

ここは一気にいってしまわないと。

「お、おにいはんの女になります！」

ふー、いっちゃったよ。いってから、胸のドキドキが収まらない。なんでこの男の「女」にならなければならないんだよ、と全然納得していないから。

でも、あの好色そうなオヤジの顔を見るよりましだろ、と自分で自分を慰《なぐさ》める。

「あ、あの、おにいはんの女になったら、うちはどうしたらええんどす？」

「詳しいことは後日、指示します」

へ？　指示？　指示されたことをやるの？　まるでビジネスみたい。愛人業というビジネスもあるけど、その江戸時代バージョン？

男は少し身体をかがめると、声を潜《ひそ》めて早口でいう。

「私の女になる約束をしたことは、だれにも口外しないこと。屋形にもね。父にも口どめしておきますから。しかるべきときがきたら、私のほうから屋形に正式に申し入れます。もし、あなたのところに、ほかの男から水揚げしたいとか、嫁にしたい、という話がきたら、すぐに私に知らせること。いいですね。連絡は文《ふみ》を使ってください。真葛《まくず》が原《はら》・成田屋の伊勢《いせ》宛に」

「へ、へえ」

伊勢というのが、男の姓《せい》らしい。

「それまでは、鈴乃家で舞妓として精進《しょうじん》してください。店だしすれば、すぐ評判の舞妓になるでしょう。最高水準の話術、舞、三味線、立ち居振る舞いを身につけて、出会った瞬間、すべての男たちを虜《とりこ》にするような舞妓になってください」

「へ？　うちは伊勢さまの女になるんどっしゃろ？　すべての男はんを虜にしたら、ややこしいことになりますえ」

「だとしても一向にかまいませんよ。私の女は、それくらいの女でなければならない、ということです。あなたなら、なれますよ」

なんだかよくわからないけど、「へえ」とうなずいておく。

「これで我々の話はつきましたね。父とは私が話をつけます。私にお任せなさい。では、屋形へお送りしますよ」

え？　今から？

男が立ちあがる。

明るい中をでていったら、さっきの相撲取りに見つかるよ。男の背中に向かっていう。

「あきまへん。また見つかったら、伊勢さまが困ることになりますえ。暗なるのを待ってからのほうが」

男が振り向く。

「暗くなってから？　昨今の京の都が、夜になるとどういうことになるか、まさか知らないとでも？」

男は驚いたように、座って見あげているぼくを改めて見る。

昨今もなにも、ぼくは数日前にこの世界にきたばかりだ。

ぼくは頭を振る。

「知りまへん。すんまへん」

小さい蚊の鳴くような声でいう。

男はぼくを見おろして、命令口調でいう。

「では、頭の中にたたきこんでおきなさい。京の町は、尊皇攘夷《そんのうじょうい》を叫ぶ過激な男たちが縦横無尽に走り回っています。夜陰に乗じて、辻斬《つじぎ》り、夜盗《やとう》、が至る所に出没しています。人違いや試し斬りで殺されることもよくあるのですよ。暗くなったら出歩いてはいけません」

人違いや試し斬りだって？

そんなことで命を落としたくないよ。急に怖くなる。

廊下の障子をだれかが叩く音がする。

「おなごの声が聞こえますが、とも香を捕まえはったんどっしゃろか」

あれは相撲取りの声だ。

男の顔が緊張する。相撲取りがやってくるとは予想していなかったみたいだ。

男はすぐに障子をあける。

例の相撲取りの大男が廊下に座っていた。

「父上が捜している舞妓はここにいます。今から連れていこうと思っていたところです。父上はどこにいらっしゃる？」

男の声はこれまでと同じで、別段、慌てたり驚いたりしている気配はない。

「書院にいはります」

「では、書院へ舞妓を連れていきましょう」

「あ、待っておくれやす。その前に、湯殿からうちの着物とかんざしを持ってきておくれやす。身なりを整えてからやないと、旦はんの前にはでていけしまへん」

ぼくが訴えると、男は相撲取りに取ってくるように命じた。

数分後、相撲取りが戻ってきて、着物と帯、かんざしを受け取った。湯殿にいた女性も一緒だったから、女性の手で着付けをしてもらった。

いよいよ、旦はんの前にでていくことになる。

男は自分に任せろ、といってくれたけど、なにがどうなるか見当もつかない。

両手をぎゅっと握って、なにかあったらすぐ逃げだすつもりで、男のあとから廊下を歩いていった。

旦はんがいる書院は、池のある庭園を望む部屋だった。広さは四畳半で、壁に違い棚がある。ついてきた相撲取りは部屋に入らないで、廊下に控えている。

部屋の真ん中で、旦はんが脇息《きょうそく》にもたれて居眠りしていた。

「父上、舞妓を捕らえました」

息子の声で、ガバッと旦はんが身体を起こす。

「ほ、ほんまか？」

こちらを見る旦はんの唇《くちびる》が、うれしそうに震えている。

ぼくは男に手を引っ張られて、旦はんの前に座らされた。

旦はんが、すぐにぼくの両手を取る。

「湯殿から逃げだしたんやって？　困った妓《こ》ぉやなぁ。また逃げたんかいな。ええ加減に観念したらええのんや」

息子が畳の上に両手をついた。

「父上、折り入ってお願いしたき儀《ぎ》がございます」

「なんや」

こんなときに、そんなものを持ちだすな、といってるような声だ。

「この舞妓を、私にくださいませぬか」

旦はんの顔にはハテナマークがでている。息子の言葉が理解しかねる、という顔だ。

「おまえが、とも香を欲しいと？」

「はい」

旦はんは、まだ、ぼくをとも香さんだと思っているんだ。

「とも香はワシが可愛がってる舞妓や。それくらい、おまえかて知ってるはずや。そう簡単には渡せへんな。子供が飴《あめ》を欲しがるような気持ちでいうてるんやったら、断るで」

「もちろん、そのような軽い気持ちでいっているわけではありません」

「ほんならなんで欲しいんか、いうてみい」

「この舞妓を妻にしたいと思っております」

旦はんの眼がカッと見開く。ぼくの胸もカッと熱くなる。

妻だってよ。勝手にいうなよ。そんなことは打ちあわせになかったぞ。

「この舞妓と子をなし、わが家を託せる跡継ぎを育てたいと思っております」

子をなす？　あ、子供を作るってことなら、ぼくが相手じゃ無理だよ。

「ほ、ほんまか？」

「はい。このような気持ちになったのは初めてでして、私自身、戸惑っております」

「なんと！」

旦はんがパチンと両手をあわせた。もたれていた脇息を放りだして立ちあがった。

「よっしゃ、とも香はおまえにやる。よういったぞ、眞之介《しんのすけ》」

旦はんは可愛がっている舞妓を息子に盗られたのに、踊りださんばかりのご機嫌だ。

なんだこの豹変《ひょうへん》ぶりは。このふたりの親子関係は、ぼくの理解を超えている。

息子の名前は眞之介というらしい。

「すぐに祝言《しゅうげん》やな。かあさんに知らせな。ワシもかあさんも、おまえの祝言は諦めてたさかい、泣いて喜ぶやろ」

旦はんは書院からでて、どこかへかけだしていく。太った身体が転がりそうな勢いだ。

相撲取りもあとからかけていったから、部屋に残っているのはぼくと眞之介のふたりだけになった。

ぼくはちょっと怒ったようにいう。

「眞之介はん、とお呼びしてもよろしゅおすか？」

「どうぞ」

眞之介はすまして答える。

「うちは眞之介はんの女になる、とはいいましたけど、祝言を挙げるとはいうてまへんえ」

「私もいってませんよ。あれは父が勝手にいってるだけですよ。いわせておけばいいのです。それで父の気が済むのですから。要は、あなたは父の水揚げから逃れたいのでしょう?」

「そうどす」

「それなら、私にお任せなさい。私のいうとおりにしていたらいいのです」

でも、黙っていたら、いつの間にか嫁にされていた、ということも考えられそうだから、黙っていられないんだよ。

眞之介はぼくの手を取って立ちあがった。

「ぐずぐずしていると父が戻ってきますよ。たぶん、母を連れて。その前に、ここから消えましょう」

書院からでようとした眞之介が立ちどまった。ぼくが持っている羽織を見て釘を刺すようにいう。

「その羽織は、隠しておいたほうがいいでしょう。普通の人が見れば、腰を抜かすでしょうから」

「へ？　そないに大変な羽織なんどすか？」

「羽織というより、葵の紋がね」

そうか。江戸時代だからね。葵のご紋は、軽々しく扱うわけにはいかないのだ。

急いで脱いで小さく畳む。眞之介がどこかから持ってきてくれた風呂敷に包んで抱えた。いつか、松平容保公にお返ししないと。

眞之介は廊下へでた。ぼくの手を引いたまま、廊下を進んでいく。

途中で使用人らしい人たちと何回かすれ違った。みな目を丸くしてぼくたちを見るだけで、なにもいわない。頭をさげるだけだ。捕まえようとしたり、追いかけてくる人はいなかった。

ただ、みんなの驚いた顔が、普通じゃなかった。目玉が飛びだしそうなくらい仰天しているのだ。

そんな中を、眞之介は一向に気にしないで歩いていく。

ぼくは、なるべく顔を見られないように、うつむき加減に歩いた。

屋敷をでてからも、すれ違う人たちが驚いた顔で見るので、ますますうつむいて歩いた。

「みなさんが、ものすごう驚いてこっちを見てはりますえ。うちの顔が、なんぞおかしいんどすやろか」

「違いますよ。私が舞妓を連れているからですよ」

へ？　なんで？　ここは祇園だよ。

「舞妓が珍しいことはないと思いますのんに。なんでどす？」

歩きながら眞之介が答える。

「家でも世間でも、私は男色家《だんしょくか》だということになっていますから」

は？　今、なんていった？
ダ、ダンショクカ？
でも、この男は「私の女におなりなさい」と、ぼくにいったんだよ。

「男を好きなはずの男が、可愛らしい舞妓を連れ歩いているとは、どういうことなんだ、ですよ」

びっくりして、思わず立ちどまってしまう。祇園さんの石段をおりたところだった。

「今、いわはったことは、ほんまどすか？」

眞之介も立ちどまる。まぶしそうな眼でぼくを見ていった。

「父があれほど執着していた舞妓を、どうしてあっさりと私に譲ってくれたのか。わかりませんか？」

わからないよ。ほんとに「あっさり息子にくれてやった」ので驚いた。

「父はうれしかったのですよ。ひとり息子は男色家。いくら商売で成功して金を手にしても、跡継ぎは期待できない。もう成田屋は終わりだ、と悲観していたところですからね。私が嫁を取る、というのは父にとっては青天の霹靂《へきれき》、なによりうれしい吉報でしょう」

自分のことなのに、眞之介はまるで他人のことのように愉快そうに話す。

「眞之介はんは、うちを妻にするといわはりましたえ。ほんまは、どっちなんどすか？男色家なんどすか？」

「さあ。どっちなんでしょう」

眞之介はニヤニヤしている。身体をかがめて、ぼくの耳元でいう。

「そのうちにわかりますよ。それとも、今晩でも、ご自分で確かめてみますか？」

え？　えー、どうやって確かめるんだよ。

眞之介を見ると、相変わらずニヤニヤしているだけだ。ニヤニヤ顔にも、男の色気がにじみでている。近寄ったらこの男のフェロモンの渦に吸いこまれそうだ。

あ、あーっ！　もしかして、眞之介は、「この舞妓、実は男だ」とわかっていて、その上でいってるのかもしれない。男色家なら、それくらい初対面で見破ってもおかしくない。

だから妻にする、なんていったんだ。会津軍の行進のときに助けた少年だ、ということまで気づいているかどうかわからないけど。

ぼくたちは鈴乃家の前にきていた。

「では、また」

眞之介は涼しげな顔で会釈《えしゃく》すると、踵《きびす》を返して立ち去っていった。

人間的には魅力ありそうだし、知りあいになったら面白そうな男だ。でも、言動がわけわからん。鈴乃家の敵なのか味方なのか。

成田屋の息子なら敵なんだろう。「なみ香」は、敵の女になる約束をしちゃったよ。

でも、仕方なかったんだよ。眞之介の女になる、といわなかったら、オヤジに押し倒されていたかもしれないんだから。

でも！　眞之介の、女になるのも男になるのも、妻になるのも嫌だ！

あーぁ、これからどうなるんだろう。ため息がでる。

鈴乃家の玄関をあけて中に入る。

「ただいま戻りました」

婆ちゃんが台所にいる気配がするけど、返事はない。

茶の間にアヲさんがいるみたいだったけど、顔をあわせる前に二階にあがって着物を脱ぎ始めた。アヲさんが見たら、「俺の着付けとちゃうで」と気づく可能性があるから。

成田屋の別荘での水揚げ騒動については、アヲさんには話さないほうがいい。話したら、ひとりで真葛が原をうろついたぼくが不注意だと叱られるだろうし、成田屋を警戒するあまり、美人御茶屋での実習も取りやめるというかもしれない。それに、眞之介の「女」になる約束をしたことは、だれにも話さないように口どめされているから、どうして成田屋の魔の手から逃れられたか、という肝心なところの説明ができない。

ただ、ひとつ、アヲさんに聞きたいことがあった。とも香さんの水揚げ脱走事件にアヲさんが関係しているのかどうか。「悪いのは俺なんや」といったこととも関係あるのか。

振り袖から普段着の着物に着がえると、階下へおりていった。

茶の間にいるアヲさんに、今日一日の報告をしたついでにたずねる。

「前にいうたはりましたやろ。鈴乃家の茶屋株を成田屋はんに押さえられてもうたんは、俺が悪いんや、って」

「あぁ、いうたよ」

アヲさんは急に警戒するような顔になる。やっぱり、なにか特別な意味がある話なんだ。

「アヲさん、どんな悪いことをしはりましたん？　アヲさんの相棒として、教えてもらうことはでけしまへんにゃろか。あれから、ずっと気になってるんどす」

アヲさんはチラッと視線を逸《そ》らせたけど、すぐに元に戻す。

「別に隠してるわけやないし、気になるんやったら話すで。ちっと長い話になるかもしれへんけど」

長い話になってもかまわない。聞かせてもらうことにした。

茶の間の真ん中あたりに向かいあって座ると、アヲさんが語り始める。

「売れっ子やった妹のとも香のことは前に話したな。とも香を水揚げしたい、いう旦はんが何人もいてな、その中から、とも香は成田屋を選んだんや。選んだ理由は、水揚げ金が一番高かったからや。けど、とも香には好いた男がいることは知っていたし、なんで水揚げされなあかんねん、と俺は不満やったんや」

行灯《あんどん》の灯りがアヲさんを横から照らし、顔の陰影をくっきりと浮かびあがらせている。

その灯りのせいだろうか、いつもより彫りが深く、より男前に見える。

「水揚げの日取りも決まって、まさに水揚げ当日の午後やった。とも香が水揚げ金を、丸のまんま俺んとこへ持ってきた。この金で髪結い床を開いて、一人前の髪結い師になってくれ、いうてな。俺の髪結い床は妹の水揚げ金ででけたんや、なんて人から一生いわれるんやで、そんなんは、まっぴらごめんや、と大喧嘩《げんか》さ。とも香は俺の前にその金を置いて、迎えの駕籠《かご》に乗って成田屋の別荘へ向かっていったよ。とも香の水揚げは俺の髪結い床のためやったなんて、そうと知った以上は黙ってるわけにはいかんやないか。そこで、俺は成田屋の屋敷へ忍びこんで、とも香を奪い返したのさ。拐《かどわ》かすみたいにしてな」

アヲさんは一気にしゃべった。当時の興奮がよみがえってきたみたいで、肩で息をしている。眞之介から聞いた話とも辻褄《つじつま》があう。

アヲさんは、その夜のうちに、とも香さんと、好いた同士の荘太郎《そうたろう》を、肥前《ひぜん》の知りあいのところへ送りだしたそうだ。

「俺の手元にある金、全部持たせて、あっちで所帯を持て、京へは帰ってくるな、といい聞かせてな」

それでぼくと会ったとき、「なんで戻ってきたんや」とアヲさんは怒ったんだ。

「成田屋からもらい受けた水揚げ金は、翌日、全額返しにいったんや。ところが、あの業《ごう》突《つ》くオヤジ、このままやったら腹の虫が治まらへん、といいよってな、償い金をよこせ、というやないか。そんな金はないわ、というたら、鈴乃家から茶屋株を取りあげよった。婆ちゃんには詳しいことは知らせてへんさかい、水揚げの晩にとも香が勝手に逃げた、と思って怒ってるんや」

そういう事情があったのか。

「俺がもっと早《はよ》うに、とも香の真意に気づいてやるべきやったんや。なんも気づかんと、アホな兄貴や……わかってたら、いくら成田屋が金を積んできても最初から断ってたわ」

アヲさんは悔しそうに、同時に情けなさそうにもいう。

「せやけど、水揚げされる前に、とも香はんねえさんを救いだすことがでけたんやし、よかったやおへんか」

「まあな。それはよかったと思ってる。償い金がでけてしまったけどな」

「それは、これから払いまひょ。茶屋株を返してもうて、鈴乃家再開どっせ。うちも頑張るさかい」

「あんた、ええ子ぉやなぁ」

アヲさんが改めてぼくを見る。

マジに見られて、恥ずかしいよ。

「俺も頑張るわ」

最後は、アヲさんが笑顔で締めくくって、話は終わった。

第六章

課せられた仕事

松平容保公《まつだいらかたもり》に羽織を貸してもらった翌日。『美人御茶屋《びじんおちゃや》のなみ香《か》』を紹介する瓦版がでると聞いている日だ。

坪庭の水仙が咲いていた。

いい香りが漂ってくる。白と黄色が清楚な印象の日本水仙だ。

水仙を見ながら、とも香《か》さんのことを考えていた。お兄ちゃんのために水揚《みずあ》げされることを了承するって、そうできることじゃない。鈴乃家《すずのや》の兄と妹は、互いのことを思いやっていたんだね。ぼくの先祖、いい人たちじゃないか。子孫としても、ちょっとうれしいぞ。

朝ご飯のあとで、二階のお座敷で女将《おかみ》に舞の稽古《けいこ》を付けてもらった。婆ちゃんに対する呼び方も、「女将」に格上げされた。稽古が終わったら美人御茶屋へ実習にいくので、舞妓《まいこ》の衣装をつけての稽古だ。

今、『京の四季』を稽古している。お座敷で人気のある『祇園小唄《ぎおんこうた》』は昭和になってできた曲だから、この時代はまだない。「都《みやこ》をどり」も生まれていない。

婆ちゃんの稽古は厳しい。扇で手や尻を叩かれるのはしょっちゅうだ。

舞の稽古が終わって、次は胡弓《こきゅう》の稽古だ。

胡弓を取りだして準備しているところへ、アヲさんが勢いよく入ってきた。

「婆ちゃん、『なみ香』の瓦版がでたで！」

手になにか持ってひらひらさせている。その瓦版らしい。

「読売《よみうり》から買《こ》うてきたところや」

まず婆ちゃんが瓦版を見て泣きだした。

「なみ香のおかげで、鈴乃家もまたお茶屋がでける」

といって泣いている。婆ちゃんは、「とも香」と「なみ香」は、姿は似ているけど別人だ、と認識してくれたようだ。

瓦版を見せてもらうと、半紙より少し小さいくらいの大きさで、黒一色で刷《す》られたものだった。浮世絵の白黒バージョンみたいな感じだ。

「京都美人図鑑　祇園社裏《ぎおんしゃ》、美人御茶屋のなみ香」と、見出しが太文字で刷られている。

紙の中央では、歌麿《うたまろ》の浮世絵に描かれるような細身の舞妓が身体を緩《ゆる》やかなS字にそらせて饅頭《まんじゅう》を客にだしている。男の客は床几《しょうぎ》に座って茶をすすり、床几の上にはたばこ盆

てるやないか」

や急須などの小道具もきっちり描かれている。客のモデルはアヲさんだ。

「まだ店だしもしてへんのに『京都美人図鑑』にのるんやからなぁ。つまり、だれが見ても『なみ香』は『京都美人図鑑』にのる資格がある、ってことや。俺も男前に描いてもうてるやないか」

アヲさんは口もとをほころばせながら瓦版を見ている。

美人を紹介する瓦版は売れる、と美人御茶屋の小僧さんもいってた。京都の美人を紹介する瓦版には、『美人絵図』と『美人図鑑』の二種類があって、『美人絵図』は毎月二回である。『美人図鑑』は月に一回の発行だというから、美人図鑑に採用されるほうがステータスが上だという。そのあたりが、アヲさんはよけい鼻が高いらしい。

アヲさんが、ぼくの耳もとに囁《ささや》くようにいう。

「ええか、成田屋《なりたや》がこの瓦版を見て、これはとも香や、というてきても、あくまでも『なみ香』どす、別人どす、というたらええんや」

「へ、へえ」

成田屋は「なみ香」を息子の眞之介《しんのすけ》に譲ったから、なにもいってこないと思う。

「今日から美人饅頭が飛ぶように売れるで。義兵衛《ぎへえ》もほくほくや。それに、今日からは、二階のお座敷も始まるしな」

「二階のお座敷」というのは、今日から始まる「新しい実習」だ。二階では、饅頭とお茶に限らず、酒もだすし、話し相手もする。お座敷にあがる「御座敷休憩」は、店先の床几に座って食べるのより、数倍、値段が張る。お座敷は予約制で、すでに今日のお座敷の予約は満杯だというから、どこで宣伝したのか、アヲさんは商売の腕がありそうだよ。

玄関からだれかが飛びこんできた。美人御茶屋の小僧さんだ。口から唾《つば》が飛びそうな勢いでいう。

「なみ香はん、大変どすねん。はよ、お店にきとくれやす。ものすごいことになってますねん。おとうちゃんは口から泡吹いて倒れてもうて、今、二階で休んでもうてます」

「なんやねん。どうしたんや」

アヲさんも、小僧さんの様子に何事かと思った様子だ。

「瓦版を見て、お客様が山のようにつめかけてますねん」

「ほんまかいな」

アヲさんも手伝いにいくという。三人で美人御茶屋へ向かった。

いってみると、祇園社の西の楼門《ろうもん》あたりから、いつもより人が多い。男も女も、大人も子供もいる。今日は、祇園社の縁日？　と思ったくらいだ。縁日のときは、楼門に看板がでるから、なにもでていないということは縁日じゃないんだよ。

美人御茶屋の前には人だかりがすごい。瓦版効果だろうか。

使用人のひとりが、大きい声でいっている。

「まだ、なみ香はんは店にきてまへんにゃ。もうすぐくると思いますさかい、ちょっと待っとくれやす」

「なんでいいひんにゃ。いつでもいるんとちゃうんか」

「なみ香」がいないので文句をいう客もいる。

人混みの中に入った。

「すんまへん。おまっとうさんどした。『なみ香』どす。美人饅頭も『なみ香』も、どちらも、よろしゅうおたの申します」

「おおおお、なみ香ちゃんや。ほんまに可愛いわ」

「瓦版とおんなじや。スーッと背が高こうて、浮世絵見てるみたいやわー」

「お姉ちゃんにそっくりやなぁー」

みんなが一度にいろいろなことをいう。集まっている人の八割は成人の男性だ。

お持ち帰りの饅頭を売って、饅頭を茶店で食べていく人にお茶をだす、という仕事を休みなくやって、くたくたになったころで、交代でお昼。お店にでているのは、ぼくと小僧さんと、お手伝いの女性がふたり。昨日まではいなかったのに、知りあいに頼んで今日からしばらくきてもらうことにしたらしい。

午後になると、義兵衛さんが二階のお座敷の、今日の予定を説明してくれた。

「最初のお客様は、なみ香ちゃんに半刻ほど話し相手になってほしいそうや」

すでに二階にあがっているという。「半刻」は一時間くらいだ。

「うちのお得意さんの息子はんや。ぎょうさんご祝儀をもうたさかい、忘れずにお礼をいうてな」

「へ、へえ」

初のお座敷、ということでのご祝儀だという。

義兵衛さんはニコニコ顔だ。

「終わりの時間がきたら下から呼びにいくさかいな。そのあとは、なみ香ちゃんにお屋敷まで饅頭を届けてほしい、いう注文が入ってるわ。お迎えがきはるということやけど、これはアヲさんが一緒についていってくれることになってる」

「美人饅頭、おいくつお届けどすか？」

「三百や」

へ？　そりゃまた大量に。だれが食べるんだろう。

思い浮かんだのは成田屋の顔だ。あのオヤジなら、大量に注文して、「なみ香」に届けさせよう、と考えるかもしれないぞ。

「あの、どちらはんへお届けしますのやろか」

成田屋、という返事でないことを祈りながらたずねる。

「内密にしてほしい、いうことで、口にだしていえへんにゃけどな。とにかく、たいしたところからの注文やわ」

義兵衛さんがうれしそうな顔でいうところを見ると、怪しいところ、不都合なところからの注文ではないらしい。

「ほしたら、これをお二階のお客様へ持ってってんか」

「へえ」

抹茶茶碗と饅頭がのったお盆を受け取る。美人饅頭が、小皿にふたつのっていた。

いよいよ、お座敷の実習だ。もうすでに、胸がドキドキしている。

二階への階段をあがっていく。アヲさんに教えられたとおり、障子をあけるときは、一旦座って、お盆を置いて、両手であけた。

両手をついて、廊下から挨拶《あいさつ》する。

「おいでやす。なみ香どす。よろしゅう、おたの申します」

お客様はひとり、若いお武家さまのようだ。

部屋に入って、客の顔を見る。

ドキッ、眞之介だよ。初めてのお客様が眞之介とは。

内心の動揺が外にでないように、笑顔でお盆を眞之介の前に置く。

ぼくの心の中が見えているかのように、眞之介は、ニヤッと不敵な笑いを浮かべる。

「お座敷の最初の客が私では大いに不満だ、と麗《うるわ》しいお顔に書いてありますね」

「へ？　不満やなんて、ただ驚いただけどすえ」

「茶店の座敷が最適か、と思ったからですよ」

「最適？　なになにどすか？」

「あなたと内密の話をするのに。家ではだれが聞いているかわかりませんし、外では目立ってしまう。ここなら、客を装って通ってくることができますからね」

なるほどね。

義兵衛さんから教えられたとおり、ご祝儀のお礼をいう。

「ご祝儀、おおきに。お心遣い、うれしゅおす」

眞之介は少しだけうれしそうにうなずく。感情を外にださない男だと思っていたので、意外だった。

「あなたが舞妓として成長していくのを見るのは、私にも楽しみですからね」

え？　そうなの？　これも意外な言葉だな。

眞之介は灰色がかった羽織と同色の着物を着て、袴《はかま》は焦げ茶色の仙台平《せんだいひら》。見るからに高そうな絹を使っているから、衣擦《きぬず》れの音まで高級感がある。

伊勢《いせ》眞之介のいい男ぶりは、今日も健在だよ。

顔も身体もいうことなし。色気のある声としゃべり方は、どことなくエロい。現代の祇《ぎ》園町《おんちょう》にきても評判になりそうな男だ。花嫁志願者があちらにもこちらにもいそうだけど、噂《うわさ》どおり男色家《だんしょくか》だとしたら、女を夢中にさせるフェロモンを無駄にまき散らしていることになる。

「内密のお話って、なんどすやろ？」

「あなたと私の、これからのことを相談しようと思いましてね」

これから？　どんなことをいわれるのだろう。少し緊張して次の言葉を待つ。

眞之介はなんの前置きもなしに、「内密の話」を切りだした。

「あなたは父の女になるかわりに私の女になることに決めた。これはいいですね」

「へえ。たしかに、おっしゃるとおりどす」

「私の女になる、ということは、あなたの意志に関わりなく私と同衾《どうきん》しなければならない、ということです。この点もいいですね」

「へ、へえ」

同衾なんて言葉、あんまり聞かないけど、だいたいの想像はできる。ひとつの布団に入る、ということだよね。それも、男女が布団に入って、いろいろと……。

ヤバイじゃん！　眞之介と同衾したら、すぐに男であることがバレちゃうよ。なんとかして阻止しないと。

「あの、今晩どす……か？」

おそるおそるたずねると、眞之介は秘密めかした顔でニヤッと笑う。

「楽しみにしていらっしゃるのでしたら、実に申しわけないが」

な、なんで！　楽しみにしているワケないだろ。

ぼくは頭をぶんぶん振る。

「その反対どす。逃げだしたいくらいどす」

「でしたら、逃げる必要はありません。心配は無用です」

は？　無用って？　どういうこと？

ぽかんとした顔で眞之介を見つめる。

「私からは求めません。あなたのほうから、ぜひ、とおっしゃるなら、こちらも受けますが」

そういうと、眞之介はいたずらそうな笑みをもらす。

ぼくは急いで頭を振る。

「うちも、そういうことは求めしまへんえ」

「では、同衾は当分なし、ということでいきましょう。父にあなたを諦めさせる最善の方便が、『私がもらい受ける』だったのですから、仕方なかったのです」

父親対策だった、という眞之介のいい分はわかる。しかし、「当分なし」というのが引っかかるな。そのうちにあるかもしれない、ということなのか？　でも、薮蛇《やぶへび》になりそうな気がして、改めて質問する勇気はない。

ぼくがあれこれ考えていると、眞之介は話を続ける。

「つまり私は、方便を使ってあなたの危機を回避してさしあげた、なんの報酬もなしにですよ。へたをすれば父と親子断絶の危機に陥《おちい》ったかもしれないのですから、あなたから礼をいただくのも当然かと思いますが、この点はいかがですか」

たしかに、眞之介のいうとおりだよ。でも、小判で千両なんていわれても無理だよ。見習い舞妓が金を持ってるワケないし、鈴乃家にも金がないことは承知しているはずだ。

「おっしゃるとおりやと思います。けど、うちにはお支払いするお金がありまへん。うっとこの屋形かて、その日暮らしがやっとどす」

小さい声だけど、はっきりいった。

眞之介は切れ長の眼でぼくを見つめている。見られているだけでこっちは緊張する。

しばらくして、眞之介はゆっくりと口を開いた。

「金はいりません」

え？　金はいらない？

「ひとつ、仕事をしていただきたい」

眞之介は、ぼくの顔をじっと見つめていう。黒い瞳は理知的な冷たい光を放っている。

直感的に危険な仕事かもしれないな、と思う。でも、この状況で断ることはできない。

眞之介はぼくが断れないことを承知でいっているのだ。

腹を決めて眞之介を見返す。

「どんなお仕事どすやろ。危険なお仕事どすか？　悪いこと、どすか？」

「危険でもありませんし、悪いことでもありません。むしろ、美しい仕事かと思いますね」

美しい仕事？　どんな仕事か想像できなくて、思わず眼をしばたたく。

「幕府のため、朝廷のため、都に住む人々のため、ひいては日本のためになる仕事かと思います」

そんな大それた仕事を、ぼくができるとは思えないよ。

眞之介はぼくの反応をうかがうような眼でこちらを見ると、やがて低い声で話し始めた。

「ある男性の心と身体を、あなたの色香で虜《とりこ》にしていただきたい」

は？　眞之介の女ではなくて、別な男の女になれ、ということ？　横流しにされる、ということか。

「どなたかわからへん男はんの女になるんどすか。お相手は、どなたはんどっしゃろ。もう少し詳しゅうお話ししておくれやす」

眞之介は茶をひと口飲んでから、話し始めた。

「相手がだれか、でしたら心配無用ですよ。あなたの大好きな会津《あいづ》中将《ちゅうじょう》ですからね」

ドキン。品のあるきれいな顔が思い浮かぶ。あの人のことは心惹かれるけど、相手がだれであろうとも、「女」になるのは無理だよ。

「会津中将と聞いて、内心、うれしいのでは？　これからも、あの優雅な人に会えるのですよ」

眞之介はニヤッと笑う。

そりゃ、うれしいけど、眞之介の指図によって会う、というのが気に入らない。

会津中将・松平容保公といったら、「幕末の悲劇の藩主」として知られている。

これから会津《あいづ》藩に起こることを、ぼくは知っているから、その名前を聞くだけで胸が切なくなるんだよ。その容保公を色仕掛けで落とせ、というのが仕事だというのだからあきれる。いったい、なんのために。

「会津のお殿様やったら、見習い舞妓やのうて、舞妓はんのほうがよろしゅおすえ。見習いやったら失礼やおへんか」

「舞妓か見習いかは問題にはなりません。この仕事は、あなたでなければできません」

どうして、そういい切れるのかわからない。

「あなたは会津中将から羽織を賜《たまわ》った。ありえないことです。あの方が女性のことを一瞬でも気にとめるということが」

まるで、眞之介は容保公をよく知っているようないい方をする。

「なんのために中将さまを虜にせなあきまへんの？　中将さまが、そう望まはったんどすか？」

「いいえ。中将がいわれたわけではありませんが、側近が望んでいるのです」

側近が？　え？　伊勢眞之介とは、どういう男なんだ？　殿様の側近と話ができるような立場にいるということ？

「中将は食欲がないのに美人饅頭を食したいと仰《おお》せで、それで側近たちは気づいたようです。饅頭と仰せでも、実はあの舞妓に会いたいのではないかと。配下の者が今朝ほど町で手に入れたあなたがのっている瓦版も、いつまでもご覧になっていらっしゃったようですしね」

そうなんだ。瓦版もご覧になっているのか。

「中将さまにとって、ほんまに必要なことやったら、うちも一生懸命お仕えさせてもらいます。けど、なんで眞之介はんが、会津の殿様の側近がいうたはることを知ってはるんどすか」

「まぁ、そう思われるのも当然でしょうね」

眞之介はうなずいて、コホンとひとつ咳払いをする。

「私の目下の仕事は、将軍上洛を控えて、幕府中枢《ちゅうすう》と京都守護職の関係を調整することです。正式な連絡は役所を通しますが、非公式なこと、表にはだしにくいことを引き受けて橋渡ししたり調整修復するのが私の役目です」

ふーん。そうすると、眞之介って、けっこう偉い人なのかな。

「家茂《いえもち》公が、二月二十三日に、三千人を従えて江戸《えど》を出立することになっています」

徳川《とくがわ》家茂は、第十四代将軍だ。十五代で徳川政権は滅びたから、滅亡直前に将軍になった青年だ。

「三代将軍・家光《いえみつ》公以来、実に二二九年ぶりの将軍上洛ですから、なにかあってはいけない、と幕府も朝廷も、すでに緊張しているのです」

眞之介がいうには、今回の将軍上洛は、朝廷の要請に応じたものだという。朝廷は外国が大嫌いで、外国船を追い払って、日本をこれまでのような鎖国状態に戻すように、と幕府にいっているそうだ。

このあたりの話なら、本で読んだことがある。徳川家茂は、この前年に皇女和宮《かずのみや》を正室に迎えて公武合体を進めていた将軍だ。「公武合体」とは、文字通り、公家《くげ》すなわち朝廷と、武家すなわち徳川との協力関係を築いて日本を治めていこうという考え方だ。

家茂は上洛するとき十六歳だった。和宮も同い年。ふたりとも、ぼくと同世代。現代なら高校生なんだ、と思って年齢まで記憶している。

「幕府が京都守護職を新しく置いたことはご存じですね」

「へえ」

「どうして置くことになったのか、その理由は？」

少しは知っているけど、ぼくの知識なんて、知らないに等しい。

「詳しいことは知りまへん」

「現在、京の町では、尊皇攘夷《そんのうじょうい》を謳《うた》う勤皇《きんのう》の志士たちが、『天誅《てんちゅう》』と称して佐幕《さばく》派を暗殺するという強硬手段にでています」

「尊皇」は天皇を敬《うやま》うことを表し、「佐幕」は、幕府側、という意味だ。

「これは立派な殺人罪ですよ。こういった過激な殺人犯は、本来なら京都所司代《しょしだい》や、その配下にある京都奉行所が捕まえるはずなのですが、まったく手をださない。所司代も奉行所も、腰抜けに成りさがっているのです」

所司代や奉行所は、今でいう警察組織に相当する。

「御用、御用、とかけ声だけかけて、捕まえようとしない。敵もそれを知っていますから、御用提灯《ちょうちん》に取り巻かれても悠々と逃げてゆく。そこで、こういう由々しき状態の京の都を、もっと強力に取り締まる機構が必要だと考えて、幕府は京都守護職を新しく設置したのです。武力で都の治安を維持するためにね」

このあたりのおおまかな事情は知っている。

「ところが、京都守護職を引き受ける藩がなかった。それはそうでしょう。所司代にも手がだせないほど荒れている都に入るということは、野放しになっている殺人者たちの中に自藩の兵士を投入するということです。なにが起こるかわかりません。守護職自身も暗殺の対象になるかもしれない。それだけではありません。大軍を京に派遣するには莫大な経費がかかります」

そうだよ。「会津の国元」と、「江戸藩邸」と、「京都」と、治めるところが三カ所もあるんだから、余分な経費が必要になる、とぼくでもわかる。

「金はかかるし危険だし、損するだけだ、というわけです。でも、だれかがやらなければ京都の混乱は収まらない。薩摩《さつま》が名乗りをあげていたのですが、幕府は、外様《とざま》大名の薩摩にはやらせたくない」

外様大名は、関ヶ原《せきがはら》の戦いのときに豊臣《とよとみ》方についた大名家のことだ。概して江戸から離れた領地を与えられた。幕末の争乱を主導した薩摩、長州《ちょうしゅう》、土佐《とさ》などはすべて外様だ。だから、幕末の討幕運動は、日本のためというより、関ヶ原の恨みを晴らすための私闘だった、ともいわれている。

「そこで、幕閣《ばっかく》のあいだに会津藩の名前があがってくる。会津は武力が充実していることで知られていましたからね。それに会津は親藩《しんぱん》ですしね」

「親藩」というのは、徳川家と親戚筋の藩だ。

眞之介は話を続ける。

「会津中将は再三辞退しましたよ。荷が重すぎる、会津からは遠方すぎる、といってね。説得する側も、そんなことは承知の上。幕府の老獪《ろうかい》な面々が策を弄《ろう》して、二十歳半《なか》ばの中将を説得したのですよ。中将は何度も断りましたが、年齢も地位も上の者が、見苦しいほど必死で口説いた。会津が引き受けなかったら、自分たちのところにお鉢がまわってくるからですよ。みんな『損な役』は引き受けたくないのです」

　このあたりの話も、幕末の本を読めば必ずでてくる。

　無理だといって辞退し続ける容保公に、とどめの一撃を刺して強引に引き受けさせたのは、同じ松平一門の松平春嶽《しゅんがく》という越前福井藩《えちぜんふくい》の殿様だといわれている。

　あきれるのは、明治維新《めいじいしん》になって、会津若松城《あいづわかまつ》にたて籠《こ》もる容保らを新政府軍が攻撃したとき、越前藩は、会津を攻める新政府軍側に入っていたことだ。

「それで、ついに引き受けはったんどすか」

「ええ。無理矢理押しつけられた格好でね。私は幕府側の人間ですが……見ていて、人の世に至誠などないのではないのか、と思いましたよ」

　眞之介は言葉を切った。しばらく沈黙したままだ。

　なんでも理路整然と流暢《りゅうちょう》に話す男が、こんな沈黙は初めてだ。

　なにか思いめぐらしているような顔で、眞之介は低い声で言葉を続ける。

「所詮、だれもが私利私欲で動いているのですよ。日本のため、と声高に叫んでいる者も、腹の中では自分のこと、自藩のことしか考えていない。日本のこと、幕府のことより、自分の富を増やすことに心血を注いでいる。幕府も諸藩もそんな連中ばかりですから、幕府という巨大戦艦《せんかん》が傾きつつあることに気づいていないのです」

幕府批判ともいえる言葉を、幕府側の人間である眞之介が口にするとは、意外だった。

「会津藩内でも反対意見が強かったのに、中将は京都守護職を引き受ける決心をされた。みんな逃げたのに、自分勝手な連中の中にあって、会津は踏みとどまった。頭がさがる思いです」

眞之介の話し方を聞いていると、容保公に対して悲痛な眼差しを注ぎながらも、敬意を持って頭《こうべ》を垂《た》れていることがわかる。

「もともとお身体が丈夫ではなかったのですが、心労からでしょう。会津中将は病に伏せってしまわれましたよ。守護職内命の日は、自《みずか》ら江戸城へ登城することもできず、代理に江戸家老を登城させたほどですから」

容保公が将軍から京都守護職を拝命したのが旧暦閏《うるう》八月一日。このときは自ら登城したという。

「おいたわしいお話どすなぁ」

眞之介がうなずく。

「会津藩の悲劇」と呼ばれる幕末から明治にかけての一連の事件がある。

会津藩は京都守護職を受けたために、討幕運動の矢面に立たされることになったのだった。のちに幕府が崩壊し、容保公が守護職を辞してから、日本各地で「新政府軍」対「旧幕府軍」が戦いを始める。会津戦争、箱館《はこだて》戦争などの一連の内戦がそうで、まとめて「戊《ぼ》辰《しん》戦争」と呼ばれている。

会津戦争では、会津若松城は新政府軍に攻められ、籠城《ろうじょう》戦を強いられることになった。このときの「白虎隊《びゃっこたい》」の自刃《じじん》は広く知られている。

新政府軍の無情なやり方に腹を立てた東北諸藩も、会津と一緒に戦うことを決め「奥羽《おうう》越列藩同盟《えつれつぱんどうめい》」を結ぶ。これによって、東北地方のほぼ全域が戦争へと突入していったのだ。

会津藩の悲劇は、容保公がこの京都守護職を受けたときに始まる、といわれている。

容保公自身は、それを予感していたから固辞されたのだろう。それなのに、周囲から説得されて引き受けざるをえない状況に追いこまれていく。

「今、京都は、会津にいてもらわないと困る状況になっています。朝廷も幕府もそう思っています。ところが、上洛はしたものの、守護職は本当に職を全うすることができるのかどうか、怪しくなってきているのです」

「職を全うせえへん、いうことはやめて帰ってしまう、いうことどすか？」

「そうです。朝廷も幕府も、会津は帰ってしまうのではないかと心配しているのです」

「へ？　まだきはったばかりやおへんか。なんで帰らはるんどすか？」

「もともと会津藩内では、京都守護職を受けるべきではない、と家老たちが猛反対したのです。そんな中で、会津中将はよくぞご決心なされたと思いますが……最後には家臣たちも藩主の気持ちに従い、京都行きが藩是《はんぜ》になったといういきさつがあります」

会津藩には、藩祖・保科正之《ほしなまさゆき》が作った「会津は徳川宗家に対して他藩とは別格で忠義を尽くすように」という主旨の条文を含む家訓《かきん》がある。この家訓が「幕府存亡の危機には身命を賭《と》して幕府を助けよ」という解釈にもつながり、養子だった容保公は、会津藩が二五〇年のあいだ守ってきた家訓を無視することはできなかったのだろう、といわれている。

このとき容保公が立たされていた立場を思うと、ほんとに苦渋の選択をせざるをえなかったのだと思う。

「京都へこられてから、会津中将のお身体の具合がよろしくない。正月二日に宮中へ参内《さんだい》することになっているのに、無理かもしれないという状況になっている。病気ならばいたしかたないことなのですが、京都守護職ともなると、立場上そうもいってられない。なんとしても参内していただかないことには、このあと、なにが起こるか想像もできない。攘夷派が、中将のご病気を好機ととらえ、なにか画策することは間違いないでしょう」

眞之介は一気にいうと一息ついて、美人饅頭を半分口に入れた。仕事中だから、といって酒は注文していない。

饅頭を食べ終わると、眞之介は言葉を続ける。

「会津藩内の上洛反対派は、病をおして京都にいる必要はない、会津へ帰るべきだ、と中将を説得するに違いありません。彼らは、いまだに反対していますからね。今、会津が都からいなくなったら、京都は無法状態、暗殺が一般士民にまで及ぶようになるでしょう」

眞之介は幕府側だから、会津藩に京都にいてほしいのだ。

ぼくとしては、あとに起こる「会津の悲劇」を思うと、今、戻れるものなら会津へ戻ったほうがいいと思う。

「そこで、幕府としては、会津中将には、気力、体力、ともに京都守護職の名にふさわしいお身体になっていただき、正月二日、無事に参内し、京都守護職として王城を守る決意を固めていただきたいのです」

いつも冷静な眞之介が珍しく熱く語る。

「そのために、あなたに、今日、さっそく見舞いにいって元気づけていただきたい。どんな薬より効くであろうと、周囲は一縷《いちる》の望みをあなたに託しているのです。ついでながら、あなたが特効薬になるだろうというのは、私が勝手にいっているのではありませんよ。これは黒谷《くろだに》からでてきた話なのですから」

「黒谷」というのは会津本陣のことだ。会津藩が逗留《とうりゅう》している金戒光明寺《こんかいこうみょうじ》が左京《さきょう》区黒谷にあるために、「黒谷」とか「黒谷本陣」と呼ばれている。

眞之介は「黒谷から」というところを語気を強めていった。自分が勝手にいっているのではない、ということをいいたいらしい。

眞之介のいいたいことはわかる。幕府としては、なんとしても会津には京都にいてもらいたいから、藩主が病気なら、京都で病気を治して守護職の務めを全うしてほしい、ということだ。でも、ぼくは、史実を知っている。容保公は覚悟の上で貧乏くじを引いたのだ。そのくじを引いたおかげで、このあと、会津藩には大変な運命が待っていたのだ。

会津藩は自ら悲劇を選択したかのようにいわれることがあるけど、幕末の歴史を追いかけていくと、会津を悲劇へと追い詰めた人物や藩があったことがわかる。

戊辰戦争のときには、容保公は戦いを避けるために恭順《きょうじゅん》の意を表していた。それなのに明治新政府は恭順を認めず、会津攻撃は執拗《しつよう》に行われている。「恭順する」といってるのにだよ、それを認めないで戦争を仕掛ける、というのがよくわからないよ。

会津憎し、と思う者たちは会津をとことん恨み憎んでいたので、激烈な復讐《ふくしゅう》戦をやらないことには気が済まなかったのではないか、といわれている。

もし、今ここで、容保公の病が癒《い》えず守護職を辞して全軍会津へ引きあげたら、会津藩は幕末の表舞台から姿を消す。倒幕派から恨みを買うこともなくなるし、明治新政府に目の敵《かたき》にされることもなく、会津藩と新政府軍との戦い——会津戦争は起こらないかもしれない。

容保公に、京都へ残って守護職を全うする決意を固めてほしい、という眞之介。

眞之介の指示に従うということは、幕府側の要請に手を貸し、会津藩を数年後の苦しみに導く、というのと同義語だ。会津の悲劇に手を貸すのは、ぼくはイヤだ……。

歴史がひとつしかないのだとしたら、ここでぼくがなにをしようとも、会津の悲劇は避けることができないんだろうけど、もし、歴史がひとつではないとしたら……岐路《きろ》に立ったときに選択肢がいくつもあって、それから先はこれから決めていくものだとしたら……今、容保公が会津へ帰られたら、悲劇への道を断ち切ることができるかもしれないじゃないか。

「眞之介はんのいわはることはわかります。けど、中将さまがご病気なら、会津へお帰りになったほうがええのんと違いますやろか」

眞之介の気持ちを逆なでしないように、柔らかい口調でいう。

「ここまで乱れてもうた京都を平安にする、いうんは大変な仕事どす。ひとつの藩では対応しきれへんと思いますえ。せやし、ここは藩やのうて、征夷《せいい》大将軍御自《おんみずか》ら、幕府軍を率いてやってくるくらいの覚悟が必要やと思います」

征夷大将軍とは、「将軍」のことだ。

眞之介は大きなため息をついた。

「おっしゃるとおりですよ。京都の警護は、征夷大将軍自らやってしかるべき状況になっています。が、江戸の閣僚たちは、今、京都がどうなっているのかなにも知らない。まるで危機感がない。それに、江戸は江戸で、異国船や異国からやってくる人たちへの対応に追われている」

そうなんだろうな、と想像はできる。

「今、必要なことは、会津中将に元気になっていただくこと、宮中参内を成功させていただくこと、京都守護職として都での任務を遂行する決意を固めていただくことです。その中でも、まず元気になっていただくこと、それが喫緊《きっきん》の課題です」

元気になってもらう、これは大賛成だ。容保公がお病気なら、もちろん、お見舞いにいきたいよ。でも、あとのふたつは、できることなら阻止したい。

容保公の人物伝を読んだことがあるぼくにいわせれば、容保公は孝明《こうめい》天皇に拝謁《はいえつ》してから、俄然《がぜん》やる気をだしてしまうのだ。いろんな本に書かれている謁見《えっけん》の様子を読むと、一月二日の謁見以降、孝明天皇にとっても、容保公にとっても、お互いに相手が、だれよりも大切な人になっていくんだよ。

残っている孝明天皇の文字や手紙の内容から、ご自分の感情をバンバン外にだす人だったのではないかな、と想像する。ふたりの孤高の貴公子は、似たような厳しい状況に立たされていたときに出会い、互いに相手が支えとなり、寄り添うようになっていったんだと思う。

その後、孝明天皇は容保公を同志として認め、心底頼りにしていく。黒谷まで帰るのは大変だろうからと、容保公のために禁裏《きんり》の近くに宿舎を用意させたり、容保公が病で伏せているときには、自ら病気平癒《へいゆ》を願って祈禱《きとう》をしたりもした。孝明天皇は容保公が大好きだったのだ。

容保公にも孝明天皇の気持ちはわかっていたから、その気持ちを無視して会津に帰るなど、できなかったのだろう。

容保公が宮中参内を果たしたら、会津に帰る可能性は消えてしまうに違いない。

ぼくが宮中参内をとめる、なんて大それたことはできない。

だから、たとえば大雪が降っていけなくなるとか、なにかが起こって拝謁できない状況にならないかな、と願うしかないんだけど、とにかく、会津の悲劇を防げるものなら防ぎたいのだ。

「いかがですか。この仕事、受けていただけますか?」

眞之介が真顔でたずねる。

「会津中将を元気にして、宮中参内を果たし、京都守護職をやるという決意を固めていただく、という筋書きを成功させる、という仕事です」

即答できない。ぼくは、むしろ、眞之介の狙っているものと反対のことをやりたいのだから。容保公に会津へ帰ってもらう。

「なにをためらっているのでしょう。京都の現状を見れば、会津藩に京都守護職を遂行してもらう必要があることは自明かと思いますが。会津軍は日本最強の軍隊に数えられています。平常時にも長沼《ながぬま》流兵学を研鑽《けんさん》し、定期的に大規模な実地訓練を行っています。陣頭で采配を振る会津中将の指示は、迅速かつ的確との定評があります」

え？　あの優雅な青年には穏やかで知的なことが似あいそうなのに、軍隊の先頭に立って采配を振るうとは……想像できない。

殿様って大変なんだね。軍隊を指揮したり、茶の湯をやったり、和歌を詠《よ》んだり。体育会系のことも、文化的なこともできないといけないのだ。

「会津中将が宮中参内を果たせば、京都に残ることを決意されるでしょう」

眞之介も同じことを考えている。

「ですから、元気になっていただくように、あなたに励ましてほしいのです。お願いするからには、あなたにそれなりの謝礼をすることを考えています」

そんなの欲しくないよ。会津を悲劇に追いやる手伝いをして、お礼をもらうなんてイヤだよ。

ぼくは首を振る。

「お礼などいりまへん」

眞之介は表情を変えることなく言葉を続ける。

「謝礼として、鈴乃家に茶屋株をお返ししようと思っておりますが、いかがですか」

ドキン。鈴乃家の茶屋株だって！

眼の奥がカーッと熱くなる。

「なんとか父を説《と》き伏せて、株を返してもらえるようにいたします」

すごい。頭がいい男だね。ぼくが欲しいものをちゃんと知ってる。茶屋株をぼくの鼻先にぶらさげたら、無条件に飛びついてくることも、わかっているんだ。イヤなヤツ。でも、ここまで徹底していると、イヤなヤツでも天晴《あっぱ》れだと認めざるをえない。

鈴乃家の茶屋株は、今、なによりも欲しいものだ。あれがあれば、鈴乃家はお茶屋を営業できる。営業を再開すれば、成田屋への慰謝料もやがては返すことができる。そうなれば、鈴乃家は取りつぶされることもなく、祖母や母やぼくがいる鈴乃家へと続いていくだろう。茶屋株を取り戻せなかったら、祖母や母やぼくは生まれていないかもしれない。

茶屋株、欲しいよ！

でも、でも、鈴乃家の茶屋株と引きかえに、会津を悲劇に向かわせることになる。

どうしたらいいんだよ。困るよ……。

眞之介はまっすぐにぼくを見つめている。ぼくが答えをだすのを待っているのだ。答えは、そう簡単にはでないというのに。

ぼくは眼を伏せた。眞之介の鋭い視線から逃げるように。

お座敷の畳が眼に入る。畳は、ぼくの家にあるものと同じようだな、とぼんやり思う。

「お答えください」

眞之介の鋭い声に、思わず顔をあげた。

いつもの冷たい表情で、ぼくを見ている。眞之介は眞之介で、自分の職務をこなしているのだ。きっと有能な幕臣《ばくしん》なんだろう。

「中将さまがお病気どしたら、お見舞いにいかせてもらいとおす。うちにでけることなら、お見舞いでも、なんでもさせてもらいます。それから先のことは、うちには如何《いかん》ともしがたいことやと思うてます。宮中参内も、守護職遂行のご決意も、中将さまがお決めになることやと思います」

「お決めになるときに、あなたが助言することはできるでしょう」

「うちは会津の人間やおへん。会津のことを、あれこれ助言でけるような立場にはいてしまへん。中将さまはうちのいうことより、会津の実情をすべてわかってはるご家老の言葉にお耳を傾けるべきやと思いますえ」

恐れ多くも、もし助言できるものなら、「参内せずに、早く会津へ戻ったほうが、中将さまのためにも、会津のためにもええことどす」といってしまいそうな気がする。

「そういうことなら、茶屋株はお返しすることなく、鈴乃家は抹消されることになるでしょう」

「抹消される？　どういうことどすか？」

「へ？」

「父は鈴乃家を憎んでいますからね。年内にも抹消するつもりで動いていますよ」

年内だって？　もう年の瀬だよ。年内といったらあと数日しかないじゃないか。

「抹消されたら……」

「鈴乃家は祇園町から消える、ということです。永久にね」

永久に！

そ、そんな。困るよ。ここで鈴乃家が消えたら、ぼくや母や祖母はどうなるんだよ。

生まれてこないなんてことになったら、ぼくはどこへいっちゃうんだよ。

「待っとくれやす。そんなん、困ります」

「あなたが困っても、こちらは痛くもかゆくもない」

ぼくは膝立ちして、眞之介の前ににじり寄った。眞之介の饅頭がのっているお盆のすぐ前に両手をつく。

「眞之介はんのいわはることは、ようわかります。けど、会津藩への幕府ならびに諸藩の向きあい方が、うちは気に入らへんのどす。だーれもやりたくないことを無理矢理押しつけて、自分は逃げだす、としか見えへんのどす」

「そのあたりのことは、たしかに耳が痛い話ですね」

「中将さまは、お身体がご丈夫な方やないようにお見受けします。今回のご病気が治ったとしても、またいつご病気になられるかわからしまへん。それに、過激派の浪士たちは、守護職のお命を狙ってはるに違いありまへん。それがわかっていて、『守護職をやってほしい』といえたら人やおへん。鬼どす。あのお優しい中将さまに対して、うちは鬼にはなれしまへん」

眞之介は表情ひとつ変えず黙って聞いている。いくらいっても、この男には通じないのかと思うと、悔しい。

改めて会津藩の置かれた立場が切なくなる。

なんとかならないものなのだろうか。このまま、ぼくが知ってる悲しい歴史へと続いていくのか、と思うと悔しくて涙がでてくる。会津藩はなにも悪くない。悪いのは、そのまわりの者たちだ。

畳の上に、ポトンと音をたてて、涙がひとつ落ちた。

眞之介がぼくの両手をとる。

「あなたが会津中将と会津藩を思う気持ちは、よくわかります。が、私の力では如何ともしがたい。私にできることといったら、あなたに約束することくらいです」

「へ？　約束？　どんな約束どすか」

「この身を賭して、在京中の会津中将をお護《まも》りすると。病からも、命を脅かす暴漢からも。会津中将のために、幕府のために、日本のために。そして……」

次の言葉を、眞之介はちょっとためらった。

「……あなたのために。あなたが泣くところは見たくありませんのでね。全身全霊をかけて会津中将をお護りする、と約束しますよ」

傲慢《ごうまん》そうな眞之介がここまでいってくれるとは思ってもみなかった。涙がぽろぽろでてくる。ぼくのためにでもなんでもいいよ。容保公を護ってほしい。

「とにかく、会津中将には元気になっていただかないと。その先のことは、そのときまた考えましょう」

眞之介の言葉に、ぼくは泣きながらうなずいた。

眞之介が膝を浮かせて立ちあがる。

「茶店の亭主に饅頭ができたかどうか聞いてまいります。できていたら、黒谷へ持っていきましょう」

「へ？　お饅頭？」

眞之介が階下へおりてゆくのであとを追う。

もしかして、あの三百個の配達というのは黒谷へ？　眞之介が頼んでいたものなの？

眞之介って、いったいなにもの？

取引のために茶屋株を用意して、ぼくが「ウン」ということも計算の上で、饅頭まで頼んであったのかよ。

この男の思うとおりに動かなくてはならないことが癪《しゃく》にさわるけど、茶屋株が目の前にぶらさがっているのだ。気が進まないけど、やるしかないのか……でも、会津を悲劇に追いやることはしたくない……。

第七章

黒谷・会津本陣

饅頭《まんじゅう》の準備もできて、会津《あいづ》本陣へいくことになった。

松平容保《まつだいらかたもり》公にまた会えるかと思うとうれしいけど、ご病気だというから、どんなご様子なのか心配だ。それに、眞之介《しんのすけ》から課せられた「仕事」のことを思うと、なんとも気が重い。

会津軍の本陣がある黒谷金戒光明寺《くろだにこんかいこうみょうじ》は法然上人《ほうねんしょうにん》が開祖の浄土宗《じょうどしゅう》の寺院だ。

幕府が非常時には城郭として使えるように改築しているから、今回、会津軍の本陣に選ばれたのだと、眞之介が説明してくれた。敷地は四万坪あって、千人の藩兵を収容することも可能だという。

美人御茶屋《びじんおちゃや》へ迎えの駕籠《かご》がきた。

前と後ろを駕籠かきがひとりずつ担いでいる。担いでいる人たちは、背はぼくより低いくらいなのに、筋肉質で立派な身体だ。

生まれて初めて本物の駕籠を見た。大名が乗るような立派な塗り駕籠ではないけれど、筵《むしろ》で囲っただけの簡易な駕籠でもなかった。周囲は竹を編んだもので壁ができていて、箱の形をしている。側面には障子がはまった小窓が付いていて、小窓には御簾《みす》のようなものがさがっている。側面の片側は引き戸になっていてスライドする。同時に屋根の蓋《ふた》がパカンと開いて、乗りやすくなっている。眞之介の話では、これは女性が乗る「女駕籠」だという。乗り方も教えてくれた。

黒谷へいく前に、鈴乃家《すずのや》へ立ち寄ってもらうように頼んだ。

お見舞いにいくなら、お聞かせする機会があるかどうかわからないけど、胡弓《こきゅう》を用意していこうと思ったのだ。それと、坪庭に咲いていた水仙もお見せしたい。お借りしていた羽織も返さないといけないから。

駕籠の中に入ると座布団が一枚置いてある。

眞之介に教えてもらったとおり、正座で座る。

中は思ったより広い。身体を丸めて横になれば、中で眠ることもできそうだ。案外、参勤交代の殿様は、中で寝てたのかもしれないね。

配達する美人饅頭は、重箱に入れて、さらに木箱に入れて、ぼくの前に置いてある。ぼくが持っていくのはひと箱だけで、のこりはだれか別な人が届けるみたいだ。

眞之介とアヲさんが徒歩でついてくる。ふたりは会津軍上洛のときに、四条《しじょう》で会っているけど、「男のぼく」を挟んでの三人だった。あのときのことを眞之介も覚えているだろうに、ふたりとも口にはださない。

アヲさんはといえば、眞之介が成田屋《なりたや》の倅《せがれ》だというだけで、嫌いらしい。その上、眞之介は「男のぼく」と会っているから、「なみ香《か》」は、あの少年がやっているんだ、と気づくかもしれないと警戒している。

「駕籠が動きます。ゆっくり参りますが、揺れたら、吊り紐《つりひも》をお持ちください」

外にいる眞之介の声が聞こえる。吊り紐は天井の真ん中からぶらさがっていて、揺れたときにしがみつくと教えられている。

駕籠が動きだした。

少しは揺れるけれど、困るほどじゃない。お尻も痛くない。乗り心地は悪くなかった。

途中、鈴乃家で必要なものを取って、再び駕籠に乗った。

揺られながら、道中、茶屋株と引きかえに、ぼくに与えられた「仕事」が頭から離れない。

今なら、会津が悲劇に突入していく前に方向転換してもらうこともできるかもしれない。

でも、そうなると鈴乃家が消えるかもしれない。

やがてやってくる「会津の悲劇」には目をつぶれば、鈴乃家の茶屋株を取り返し、先祖を救うことができる……どうしたらいいんだろう。

ぼくがちょっとばかり頑張ったところで、歴史は変えられないのかもしれないけど、まだ未来は決まっていないのだ。ぼくが知ってる歴史のようにならないのかもしれないじゃないか。

鈴乃家と会津と、両方救う方法はないのだろうか。両方救えたら、それが一番いい。じゃ、どうやって？　ぼくは、なにをやったらいい？

考えても、思い浮かばない。

駕籠がとまった。

「着いたで」

アヲさんの声だ。駕籠の扉が開いて外へでる。

石段が目の前にある。知恩院《ちおんいん》さんほどではないけど、かなり急勾配《こうばい》だ。石段の上に山門が見える。アヲさんが手を引いてくれた。

軽い足取りというわけにはいかない。一歩一歩、考えながらのぼる。茶屋株のために、容保公にこの先もずっと京都守護職でいてくれるように願うかどうか……。

石段の上には大きな山門があった。知恩院のものとは形も雰囲気もまるで異なる。なにが違うかといったら、こちらは二層目が大きい。一層目と同じくらい立派なものが上にのっている。

アヲさんが立ちどまって振り返る。

ぼくも立ちどまって同じ方向を見る。

はるか眼下に、京都の町が広がっていた。この眺めの良さが、本陣に選ばれた理由のひとつなんだろう。

「御所にも粟田口《あわたぐち》にも近いしな、馬でひとっ走りしたらすぐや」

アヲさんがつぶやく。

山門をくぐって、さらに石段が続いている。こちらの石段は幅も広く緩《ゆる》やかだ。

石段が終わったところに若い侍が待っていた。ぼくと同年齢くらいだろうか。

「お待ち申しておりました。小姓の長井《ながい》と申します。なにか御用がありましたら、当本陣内では私めにお申しつけください」

長井というお小姓は礼儀正しくお辞儀をする。

背はぼくより少し高くて、整った顔立ちをしている。眉が濃くて彫りが深い。

案内されたのは桃山《ももやま》風な門を持つ優雅な建物だった。築地塀《ついじべい》で囲まれていて、ほかの建物とは雰囲気が違う。お小姓の話では、これは「大方丈《おおほうじょう》」という建物だそうだ。

いることになる。

玄関らしきところで、ぼくだけ草履《ぞうり》を脱いであがる。アヲさんと眞之介はここで待っている。持ってきた羽織、重箱、胡弓、水仙は係の侍に渡す。饅頭は毒味をしないといけないらしいし、羽織と胡弓、水仙は、怪しげな細工がしてないか調べるみたいだ。

ぼくはお小姓とふたりで廊下を進む。空気がひんやりしている。廊下が冷たいから、足の裏がメチャクチャ冷たい。足袋《たび》をはいているのに、底の布を通して冷たさがビンビン伝わってくるのだ。それでも、そんなことは微塵《みじん》も感じていない、という顔をして歩く。

通されたのは書院と呼ばれる部屋だった。十畳くらいの広さの二間続きになっている。襖《ふすま》も幅が広い。奥の部屋に布団が敷いてあって、容保公が横になっていた。枕もとには小さな屏風《びょうぶ》が立ててある。

外は晴れているのに室内は薄暗い。どうしてこんなに暗いんだろうと思って気がついた。外との仕切りがガラス窓ではなくて障子だからだ。弱い光しか入ってこない。

お小姓が布団の近くに寄って、なにか話す。

容保公はお小姓の手を借りて上体を起こした。寝間着は白い羽二重《はぶたえ》だ。

お小姓は容保公の肩の上に着物をかけて、脇息《きょうそく》を容保公の脇に置く。次にこちらにやってくると、小さい声でいった。

「もう少し近くに、と仰《おお》せですが、風邪かもしれませんからなみ香さまにうつすといけない、と心配していらっしゃいますので、このあたりにお座りください」

このあたり、というのは、容保公から五メートルくらい離れた位置だった。

容保公は脇息に肘《ひじ》を預けて、こちらを見ている。

示されたところに座ると、お顔がよく見える。青白くて、昨日、知恩院さんで会ったときに比べると、別人のようにやつれて見えた。一日でこんなにやつれてしまうなんて、しっかりご飯食べていないんじゃないだろうか、と心配になる。

係の侍に預けたものが帰ってくる。饅頭は三宝《さんぽう》にのせられて三つ運ばれてきた。

水仙は、花器に入れられて枕もとに置かれた。

両手をついて挨拶《あいさつ》する。

「遠路はるばる京都までおいでくださり、さぞお疲れやと思います。寒さも厳しく、中《ちゅう》将《じょう》さまにおかれましては無理せんと、しっかり養生しておくれやす。先日は、羽織をお貸しいただき、助かりました。けど、そのために、こうして中将さまがお風邪を召さはってしもうたんやないかと思うと、申しわけなく思うております」

顔をあげると、容保公はかすかに頭を振った。羽織のせいではない、という意味だと感じた。

知恩院さんで借りた羽織を返す。美人饅頭もさしだす。

「お借りした羽織を羽織っているあいだじゅう、おそれながら中将さまがおそばにいはるような気ぃがして、心強くうれしゅおした」

容保公がほほ笑んだ。なにかお小姓にいう。お小姓の顔が赤くなる。

大きい声がでないから小声で話されることを、布団の近くに座っているお小姓が伝えてくれる。

「羽織が羨《うらや》ましい、と殿は仰せです」

ん？　どういう意味だろう。

「羽織は、ほんまに助かりました。おおきに。水仙は、屋形の庭に咲いていたものどす。ご注文の美人御茶屋の美人饅頭をお持ちしました。お饅頭はおいしゅおすけど、もう少し身ぃになるものも召しあがったほうがええと思います」

容保公は黙って耳を傾けている。ぼくは言葉を続ける。

「食欲がないとうかがいましてんけど、うちが病気のとき、おかあちゃんがいっつも作ってくれるもんがありますねん。白いご飯にすぐきのみじん切りを混ぜておにぎりにするんどす。海苔《のり》で巻いてもええし、薄くお醬油つけて焼きおにぎりにしてもええし、すぐきの酸っぱい味がうちは好きやさかい、寝こんでるときでも、あれは食べられるんどす」

これはほんとの話だ。

「『すぐき』とは初めて聞くが、いかようなものか、と殿が仰せです」

京都人でなかったら、すぐきを知らなくてあたりまえかも。

「京都の上賀茂《かみがも》特産の漬け物どす。カブラの一種を塩漬けにしたもので、桃山時代からあると聞いてます。種は持ちだし禁止になってるさかい、上賀茂だけで栽培されてるんどす。酸っぱい茎《くき》、いうことで『すぐき』いう名前がついた、といわれてます。酸っぱい味がおいしゅおすえ。ぜひ、中将さまにも召しあがってもらいとおす」

この本陣の御膳所《おぜんしょ》に地元京都の者もいるから、すぐきは調達できるだろう、とお小姓はいう。

容保公に食事をとってもらいたいから、京のおいしいものを、もうひとつ薦《すす》めよう。

「おにぎりだけやったらもの足りひん、いうときは、京のだし巻き卵もどうどすやろ。東国にはない味らしゅおすえ。ご病気で伏せってはるときは、お口においしいもんが一番やさかい、ぜひ召しあがっておくれやす。おいしゅおす」

だし巻き卵は幕末ころにはあったらしいから、オススメできる。

京の三大漬け物「すぐき」「柴漬け」「千枚漬け」のうちの、千枚漬けは、明治《めいじ》に入ってからできたものだから、まだ手に入らない。

なにかしゃべるとき、これは幕末にあっただろうか、と考えなければいけない。

スクールジャージーについて眞之介から聞かれたときに、これは「学校」のだと答えてしまってヤバかったからね。寺子屋や藩校はあっても、「学校」とは呼ばれていなかったから。

お小姓がいう。

「そこに持っているのは楽器か、とおたずねです」

「そうどす。三味線にそっくりな形をした胡弓いう楽器どす。けど、音色は違うんどす。中将さまに聴いていただきとうて持ってきたんどすけど、病で伏せてはるお耳には邪魔かもしれまへん」

病気がここまで重いとは思っていなかった。このご様子では、楽器の音は耳障りかもしれない。

「どんな音色か、お聴きになりたいそうです」

え？　ご興味を持たれた？

「ほな、ちょっと弾いてみまひょか」

弓を取りだして、松ヤニをつけて準備する。

幕末にくる前に祖母について稽古《けいこ》していたのは『竹田《たけだ》の子守歌』だった。今、一番上手に弾けるのはこの曲だ。

胡弓を膝《ひざ》の上に構えて、弓で弾き始める。二回弾いた。ちょっぴりもの悲しい子守唄は、胡弓の音色によくあう。

容保公は伏し目がちに黙って聴いていた。音色がお気に召さなかったのかも、と心配になる。

胡弓を弾き終わったところで、お疲れになるといけないから、というお小姓の判断で、お見舞いは終わりになった。

両手をついて退室の挨拶をすると、容保公が小さな声でいった。

「明日もきてもらえませぬか」

今日、初めて聞いた声だ。やっと聞き取れるくらいの弱々しい声だった。

「へ。へえ。喜んでこさせてもらいます」

額《ひたい》が畳につくくらい深くお辞儀をした。

「また胡弓を聴かせてほしい、との仰せです」

「へ、へえ。喜んで」

胡弓、喜んでもらえたようでうれしかった。

お見舞いのあいだじゅう、ぼくはあがりっぱなしで、なにをしゃべったか覚えていない。

くだらないことをしゃべった気がする。

お身体の具合は、快復までには時間がかかりそうだ。

今日は文久《ぶんきゅう》二年十二月二十八日。正月二日の宮中参内《さんだい》まであと五日。参内が実現するかどうかまだわからないけど、容保公のお人柄から考えると、這《は》ってでもでかけていくのではないだろうか。

明日もお見舞いにくることになった。

お身体があんな具合だったから、眞之介に頼まれた「仕事」はもちろんのこと、会津へ帰ったほうがいいというぼくの希望など、申しあげる状態じゃなかった。

明日、お元気になっていたら、少しはお話しすることもできるかもしれない。


きたときと同じ駕籠で鈴乃家へ戻った。

アヲさんと眞之介から書院での対面について聞かれたから、ありのままを報告した。

眞之介は鈴乃家まで一緒にきてくれて、それからは、まだ仕事があるといってどこかへでかけていった。

今日の仕事はこれで終わりだというので、振り袖を脱いで、普段着の着物に着がえた。

普段着は普通の袖丈の着物だ。裾《すそ》も引いていない。

アヲさんが着替えを手伝ってくれながら、なんとなく探りを入れるような口調で遠まわしに聞いてくる。

「伊勢《いせ》眞之介、俺のカンやけどな、あいつ、なみ香に惚れてるわ。けど、おかしいやないか。あいつは女に興味を持たへん、っていわれてるんやで」

眞之介が男色家《だんしょくか》であることは、アヲさんの耳にも入っているんだ。

アヲさん、忘れてるよ。なみ香は男だよ。だから眞之介が興味持ったんだよ。

でも、それには触れないでおく。

「伊勢さまは、幕府のどんなお仕事したはるんどすか?」

「勝安房守《かつあわのかみ》とか小栗上野介《おぐりこうずけのすけ》って、知らんやろけど」

勝安房守といったら、勝海舟《かいしゅう》のことだ。小栗上野介も有名な幕府の閣僚のひとりだ。

「お名前だけは知ってますえ」

「そか。知ってるか。あいつ、そこらへんの下で仕事しているって聞いたことあるけどな」

「ほな、お偉い方どすやん」

「らしいわ」

アヲさんは浮かない顔で答える。

勝海舟といったら、幕府方の政治家で、官軍の西郷隆盛《さいごうたかもり》と交渉して、江戸《えど》城無血開城を成功させたことで知られている。これで江戸市中が火の海になることは避けられたといわれ、大変有能な政治家、という説と、ほら吹きでずるい男だという説と、評価が分かれている。

小栗上野介は大変な切れ者で、明治政府の近代化政策は小栗がやったことを引き継いだだけ、ともいわれている。

明治維新《めいじいしん》後は、ふたりの道は大きく分かれる。勝は新政府でも活躍し、小栗は官職を退《しりぞ》いて田舎に引っこんでいたところを、新政府に捜しだされて斬首された。このへんのことは、維新の歴史を読んでいても、どうしてなんだ、と訳がわからないことが多い。

眞之介が勝海舟や小栗上野介の下で働いているなら、薩長土肥《さっちょうとひ》の反対側として、幕末に活躍したひとりなんだろう。

「黒谷本陣から、また明日も同じころに見舞いにきてほしい、いう注文が入ってる。受けたで。ええやろ?」

「へえ。よろしゅう、おたの申します」

アヲさんに向かって、頭をさげる。

「なみ香」専属の男衆《おとこし》、アヲさんは、マネージャーでもある。花代が入るところなら、どこでも「なみ香」を出張させる方針だ。「花代」というのは、芸舞妓《げいまいこ》の派遣料だ。現代は一時間いくら、という計算で請求される仕組みになっているけど、幕末は、線香で時間を計るので、花代でなく「線香代」といって、線香一本いくら、という計算になる。

明日、容保公が少しでもよくなっているといいけど……。

第八章

松平肥後守容保

翌日、十二月二十九日、午前中は稽古事《けいこ》に励んだ。

午後から、茶店で一般の参詣客《さんけい》相手に美人饅頭《まんじゅう》とお茶をだして接待する。

今日の着物は黒地に紅梅と白梅の枝が描かれた小紋柄。婆ちゃんこと女将《おかみ》が「夜の梅」と呼ぶ着物だ。それと、薄い水色の地に銀糸で唐草《からくさ》模様が織られている西陣の帯。

瓦版がでてからというもの、茶店は行列ができる繁盛ぶりで、「美人御茶屋《びじんおちゃや》の看板娘・なみ香《か》」が店にいるあいだは客が途絶えることはない。お洒落《しゃれ》した男女が、祇園社《ぎおんしゃ》へ参詣した帰りに茶店に立ち寄って休んでいく。饅頭の売れゆきはこれまでの三倍になっているというから、義兵衛《ぎへえ》さんは大忙しだよ。

今日も、黒谷《くろだに》本陣へでかけることになっている。昨日と同じようにアヲさんがついてきてくれるし、眞之介《しんのすけ》もボディーガードとして、往き帰りは一緒にいってくれる。

眞之介によると、井伊直弼《いいなおすけ》が桜田門外《さくらだもんがい》で駕籠《かご》に乗ったまま襲われるということがあったから、幕府の閣僚が登城するときは、腕に自信のある侍を護衛につけているそうだ。

「大名の駕籠に用心棒がつくようになってからは、行列が襲われることがあっても襲った者たちが負けていますね」

眞之介は直心影流《じきしんかげ》免許皆伝で、江戸《えど》で修業したそうだ。勝海舟《かつかいしゅう》が同門の兄弟子で、海舟もやはり免許皆伝だということだ。

近藤勇《こんどういさみ》は天然理心流《てんねんりしん》の、坂本龍馬《さかもとりょうま》は北辰一刀流《ほくしんいっとう》の使い手だったといわれているし、歴史に名を残すような人は、剣術の腕も相当だったのだね。


昨日と同じ駕籠が迎えにきて、昨日と同じころに黒谷本陣へ到着した。

駕籠からでてみると、着いた場所が昨日のところとは違っていた。石段は見えない。出迎えてくれるお小姓は同じだ。

庭に案内される。足を踏み入れると、茶庭だとわかる。露地が続いて、屋根のある小さな門、「中くぐり」がある。春夏はさぞ緑がきれいだろうと想像する。

「こちらは西翁院《さいおういん》と申しまして、金戒光明寺《こんかいこうみょうじ》の塔頭《たっちゅう》のひとつです。ここの茶席で殿がお待ちです」

え？　それじゃ、今日は寝ていないんだね。

「あの、お床離《とこばな》れしはったんどすか？」

庭の露地を歩きながらお小姓と話す。

「はい。なみ香さまがお帰りになったあと、すぐきのおにぎりとだし巻き卵をお召しあがりになりたいと仰《おお》せになりまして、すぐに御膳所《おぜんしょ》が準備しましたところ、海苔《のり》で巻いたおにぎりふたつとだし巻き卵をお口にされました。食後には美人饅頭もおひとつ所望されましたし」

お小姓は、殿様がご飯を食べられたことがよほどうれしかったのか、話し終えるとニッコリ笑った。

お元気になられたのなら、ひと安心だ。

今朝は普段の献立で、半分ほど召しあがったという。もう少しだね。

「無理しはらへんように、ごゆるりとお身体を休めはったらええと思いますえ」

「それはもちろんですが、元旦には年頭の諸行事が山ほど入っておりますし、二日には宮中へ参内《さんだい》せねばなりません。公家《くげ》衆や在京の藩邸からも新年の挨拶《あいさつ》に参りますから、その応対もしなければなりません。せっかく快方へ向かっているのに、また伏せてしまわれないかと心配で」

お小姓は心底、殿様の身体が心配なのだろう。顔が曇《くも》る。殿様を思う気持ちが十二分に伝わってくる。家臣に愛されている殿様なんだな、と思うと、ぼくまでうれしくなる。

「都は天誅《てんちゅう》の嵐で荒れているということは、上洛前からわかっておりましたが、ここまで人心がすさんでいるとは、殿も我々家臣団も、思ってもいませんでした。私でさえ腹が立つようなことが連日多々起こるのですから、殿はもっと苦しんでいらっしゃるでしょう」

お小姓が立ちどまった。茶室へ続く待合の小屋の前だ。「待合」というのは、茶事の前などに客が待つ場所だ。

「なみ香さまは、お元気なころの奥方さまに似ていらっしゃいます」

奥方さまは、昨年の秋にご病気で亡くなられたという。十八歳くらいだったらしい。

「うちのどこが奥方さまに？」

「笑顔が。奥方さまはもっと小柄でいらっしゃいましたが」

松平容保《まつだいらかたもり》公の正室・敏《とし》姫は、容保公が養子に入った会津《あいづ》藩の姫君だ。会津藩では子供が十人生まれたのに、大きくなったのはこの敏姫ひとりだけだった。容保公と敏姫のあいだに子供はいない。

「八月には高須《たかす》の父上様がお亡くなりになりました。一年たたないうちに大切な人をおふたり失われたのですが、悲しみの涙が乾く間もなく上洛の準備をせねばなりませんでした」

「高須の父上」というのは、容保公の実父、美濃高須《みのたかす》藩の藩主、松平義建《よしたつ》公のことだ。

お小姓が庭の奥にある建物を示す。

「あのお茶室で殿がお待ちです」

庭の木立のあいだに小さな茶室が見えた。「紫雲庵《しうんあん》」という名前だという。

「おふたりだけにさせてほしいとご所望ですので、供の者はだれもおりませんが、茶室の隣に書院があります。そこに私が控えております」

持ってきた胡弓《こきゅう》は、茶席が終わったころに届けてもらうことにした。

「ほしたら、いって参ります」

飛び石を踏んで、茶室に近づく。背の高い蹲《つくばい》が置かれていて、手を清め口をすすぐ。

このにじり口はけっこう上にあるので、大きな石の上にのらないといけない。

茶室の入り口は、どうしてこんなに不自由なんだろう、といつも思う。この不自由さこそが、利休《りきゅう》の戦略だったんだろうね。戦国武将たちの手から刀を放させるために考えだしたのだろう。

にじり口からあがると、正面に床《とこ》がある。床柱にかかる花生けに、水仙が一輪生けてある。もしかして、これは昨日、ぼくが鈴乃家《すずのや》から持ってきたものかも？

客座が二畳、手前座が一畳という狭い茶室だった。客座と手前座のあいだは壁で仕切られている。こういう仕切りがある茶室は初めて見た。「客座」は客が座るところ。「手前座」は、亭主がお手前をやるところだ。

炉《ろ》には茶釜が用意され、手前座には容保公が座っていた。客座とのあいだに壁の仕切りがあるので、容保公の顔はよく見えない。

こういうときは、あまりしゃべらないほうがいいのだろうね。

黙って座っていると、容保公が菓子鉢をだしてくれる。黒い深鉢の底に、不思議なものがひとつある。栗くらいの大きさの……おにぎり？

懐紙《かいし》にとって食べてみると、やっぱりおにぎりだった。ぼくが昨日お話ししたすぐきのミニミニおにぎりが、お菓子のかわりにでてきたよ。これは容保公の遊び心かな。

容保公を見ると、すました顔で、今度は白い深鉢をよこす。黄色いものがひとつ入っていた。

「会津の郷土菓子で、『五郎兵衛飴《ごろべえあめ》』というものです。お口にあうかどうかわかりませんが、どうぞ」

容保公の落ち着いた声が茶室に響く。張りのある若々しい声を聞いただけで、すっかり元気を取り戻しているのがわかる。

「会津から持参して参りました。餅米《もちごめ》と麦芽《ばくが》から作る飴で、合戦のときの携行食《けいこうしょく》にもなります」

硬くなっても湯に浸せば、すぐに元に戻るそうだ。

口に含むと甘くて柔らかい。食感はゼリーに似ている。

「義経公《よしつね》と弁慶《べんけい》が奥州《おうしゅう》へ落ちのびる途中で、五郎兵衛飴の店に立ち寄って飴を所望されたと伝わっております。そのときの借証文が店に残っているそうですよ」

「義経はんと弁慶はんが、どすか？　すごおすなぁ」

強そうなふたりが、この甘い飴を食べたかと思うとほほ笑ましい。義経と弁慶といったら、鎌倉時代の人物だ。数百年前のエピソードが、お国では今でも親しみをこめて語られているんだね。

容保公も、弁慶と義経のエピソードを思って心和んだのか、かすかにほほ笑む。

今日の容保公は、淡い水色の着物と、紺地に銀と黒の縦縞《たてじま》が入った袴《はかま》をはいている。淡い水色が、端整な顔に映《は》えてよく似あっている。昨日、小声でぼそぼそいっていた人とは思えない快復ぶりだ。

この優雅な人を見ていると、生まれながらの貴公子というものが、世の中には本当に存在するんだ、と改めて思う。貴公子然としているものは、いったいどこからでてくるのだろう。不思議だ。庶民がまねしようとしても、できるものではない。

容保公が点《た》てたお薄《うす》がだされる。赤みがかった灰色の茶碗に、白く刷毛《はけ》で掃いたような幅広の筋が付いている。刷毛の擦《かす》れ具合がなんとも味わいがある茶碗だった。

「おいしゅおした。おおきに」

飴が甘かったから、お茶で喉《のど》が引き締まる。

茶碗が片付けられる。

「中将《ちゅうじょう》さまがお元気そうで、なによりうれしゅおす」

ぼくが小さい声でいうと、中将がうなずく。

「あなたが教えてくださった、『すぐき』のおにぎりと、『京のだし巻き卵』のおかげです」

容保公は明るく伸びやかな声でいう。

「お役に立ったようで、うちもうれしゅおす。おにぎりは、古来から人々に愛されてきた食べ物どすし」

「古来というと、どれくらい前からでしょうね。戦国の世にはありましたよ。合戦での携帯食でしたし」

容保公が「おにぎりの歴史」に興味を示す。

太平洋戦争のときの日本軍の携帯食だったときもあるよ。でもまだ未来の話だから、説明はできない。

「お米をにぎって作るさかい、稲作が始められるようになってからやと思いますえ」

「稲作が始まったのは……いつごろでしょう」

弥生時代だと考えられてきたけど、最近は、縄文時代からすでにあった、といわれている。

「縄文の終わりくらいからどすやろか」

「じょうもん?」

容保公が不思議そうな顔をする。
ヤ、ヤバイかも。
「縄文」という語は、この時代にはまだないのだ。どうぞ突っこんできませんように。

「あ、あの今から二千年くらい前どす」

「二千年!」

容保公が目を見張る。

「そんなに前からですか」

発掘されたおにぎりが展示されてるのを見たことがある。炭のように黒くなってたけど、ちゃんとおにぎりの格好をしていた。

「いろいろとご存じなのですね」

そうでもないけど、たまたまだよ。それに、幕末以降、学問は進歩しているし、インターネットができてからは、一般人にも多岐にわたる知識が急速に拡大している。

容保公は、不思議そうな顔でぼくを見る。

あんまり見ないでほしい。男であること、百年以上後《のち》の世界からきていることを隠していることが心苦しいから。視線を逸《そ》らせたら失礼だろうし、どうしたらいいのか困るよ。

「こちらへおいでなさい」

容保公が優しい声でいう。

こちらというのは容保公が座っている手前席だった。

いわれたとおり、そちらに移動する。

「この茶室は『澱看席《よどみのせき》』と呼ばれていて……」

一畳の狭いところにふたり並んで座っている。小さな窓を容保公があけた。座布団一枚もないくらいの大きさの障子の窓だ。

「この窓は『澱看窓《よどみのまど》』と呼ばれているそうです」

澱、つまりは淀《よど》が見える窓、と名づけられているのだね。

その小さな窓からふたりで顔を寄せあうようにして外を見る。身近に容保公の着ている着物の、上等な絹の感触や体温を感じる。

見ると京都の町並みが眼下に広がっている。

「ここから淀川《よどがわ》や天王山《てんのうざん》、もっと先には大坂城《おおざかじょう》も難波《なにわ》の海も見えるそうですが、あなたにはわかりますか?」

容保公は、淀川は光っているからわかるけど、天王山がどれなのかよくわからないという。

京都は、東山《ひがしやま》の将軍塚《しょうぐんづか》も眺めがいいので有名だ。でも大阪まで見渡せたかどうか覚えていない。大文字山《だいもんじやま》に登ったときは、大阪湾《おおさかわん》までしっかり見えた。

今、眼下には御所の森が見えて、それから西山《にしやま》、そして天王山が見えている。空と同じ水色になっているところが海じゃないかな。

「あそこに見える黒い森が御所どす」

「ええ。御所はわかります」

近くから始めて、だんだん遠くを説明すればわかるかな、と思ったのだ。

「それから、正面が西山。右の奥が嵐山《あらしやま》やと思いますえ。西山の左、先へと続いている山が天王山どす」

「羽柴秀吉《はしばひでよし》と明智光秀《あけちみつひで》が戦ったところですね」

「そうどす。光ってうねっているのが淀川。その先に空と交わるようにして光っているのが難波の海やと思いますえ」

容保公はときおりうなずきながら、眺望に我を忘れている様子だった。

「こんなに海が近いと、海の向こうにある国のことを考えないわけにはいきませんね。会津には海はありません。長州《ちょうしゅう》が攘夷《じょうい》を主張するのも、薩摩《さつま》が密かに琉球《りゅうきゅう》と交易するのも、両藩が海に面しているからでしょう」

容保公はだれにいうともなく自分に語っているような小さな声でいう。

「今回、江戸から大坂まで海路を使い入京するつもりでした。幕府に交渉して海軍の軍艦《ぐんかん》二隻借りる手はずを整えたのですよ。ところが、家老たちに反対されて実現しませんでした。一千名のわが藩兵が、軍艦がどのようなものか知るよい機会になると思ったのですが……」

会津軍が海路で上洛することを考えていたとは、知らなかった。実現していたら、ご自身や藩士のその後の考え方などに影響があったかもしれない。

容保公は小さく溜息をついた。

黒谷の丘から遠くに海を見て、この人は今、自藩のこと、西国諸藩のこと、幕府のこと、つまりは日本のことを考えているのだね。

光る海から京都の町並みに眼を移した容保公は、しばらく黙って見ていた。

ぼくも同じ景色を眺める。この広い空の下に、「ぼくが暮らしていた町」はない。どこにあるのだろう。

やがて、容保公は自分に語っているかのような静かな声でいった。

「こんなに美しく、平和に見える空の下で、毎日のように尊皇《そんのう》攘夷派が佐幕《さばく》派を暗殺している。それも、武士だけでなく、公家《くげ》や商人、町人の首をも三条《さんじょう》河原《がわら》に晒《さら》す。幕府に対する攘夷派の挑発であることはわかっていますが、同じ日本人同士ではありませんか。どうしてこんな国になってしまったのか……」

ぼくも同じように思ったよ。どうしてなんだろうと。二六〇年続いた幕藩体制が新しい時代にあわなくなってきた、ともいえるだろうけど、同じ日本人が殺しあわなくても、新しい時代は迎えられただろうに。

「よりよき国になるように、どうするべきか、幕府も考えているのですが……これなら、という名案がでてこない……」

そのあとは、容保公はあまりしゃべらなかった。疲れさせてしまったのなら、ぼくの不注意だ。少し心配になって、それとなく様子をうかがう。

日没と同時に暗くなっていく眼下の眺めに、容保公は穏やかな視線を注いでいた。なにを考えているのか。この人に悲劇は似合わないよ。

手前座の引き戸の後ろ側で、声がする。なにかと思ったらお小姓が胡弓を持ってきてくれたのだった。この茶室は、手前座の後ろにある引き戸で、本堂書院《ほんどうしょいん》とつながっている。

胡弓を見て、容保公がほほ笑む。

「今日も、聴かせていただけますか」

「へ、へえ」

暗譜《あんぷ》で、しかも人に聴かせられるものといったら、昨夜弾いた『竹田《たけだ》の子守唄』しかない。どうしよう。同じ曲ではまずいだろうか、と心配していたら、容保公がいう。

「昨日弾いてくださった曲、あれをもう一度聴かせてください」

「へ、へえ」

よかったー、あの曲で。

実はあれしか弾けないんです、とはいわないで、胡弓を構える。

一畳の部屋に膝《ひざ》をつきあわせているから、すぐ前に容保公が座っている。胸のドキドキが容保公に聞こえてしまうんじゃないかと思うくらい近い。

「ほな、弾かせてもらいます」

ゆっくりしたテンポで、イントロから入る。一回目は胡弓だけで叙情的に弾く。二回目は唄をつけた。狭い茶室の中だから、小さい声で。

「守もいーやーがーるぅ……」

守もいやがる盆から先にゃ　雪もちらつくし子も泣くし
盆がきたとてなにゆえうれしかろ　帷子《かたびら》はなし帯はなし
早よもいきたやこの在所越えて　むこうに見えるは親のうち

「帷子」というのは着物のことだ。三番ははしょった。容保公はうつむき加減で黙って聴いている。四番が終わり胡弓を置くと、容保公が顔をあげた。

「あなたの優しいお声と胡弓の哀愁《あいしゅう》を帯びた音色が、なんとも切ない唄ですね。これは、なんという唄ですか」

「京都の『竹田の子守唄』どす。けど、ほんまは『守り子唄』なんどす」

「守り子唄？」

容保公はこの語を聞いたことがないらしい。

「子守はんが子供を寝かしつけるために唄う唄やのうて、子守の子が自分を慰《なぐさ》めるために唄う唄なんどす。せやし、子守の子が唄う『守り子唄』」

昔は、口減らしのために子供が、裕福な家に奉公にでて、子守を引き受けて働いていた。

その子供が、親のいる実家へ早く帰りたい、と願って唄う。

「そういう唄があるのですか……この子守さんは、親のうちへ帰ることができたのでしょうか」

容保公が真剣な表情でたずねる。

それはわからない。もっと長い元歌があるのだけれど、それも最後は同じだから、容保公の疑問に答えは用意されていない。

「唄には唄われてまへん。せやし、想像するしかないんどす」

容保公は愁《うれ》いを含んだような眼で、なにか考えていた。子守りの子がどうしたか、想像しているのだろうか。

「待っていてくれる親がいるのでしょう。きっと帰りましたよ。親のうちがあれば、いつか帰る、という楽しみがありますから、それを思えば、つらいことも耐えられます」

静かな声で自分に語っているようにも聞こえる。

親の家にいつか帰るという楽しみがあれば、つらいことも耐えられる、といった言葉が、なぜか気になった。まるで、容保公にはそういう楽しみはないけれど、耐えなければならないつらいことがあるのですよ、といっているように聞こえたのだ。

容保公は手を伸ばすと、ぼくの膝の上にのっている胡弓の棹《さお》にそっと指で触れた。二度ばかり弦を弾く。弾かれた弦は小さく鳴って、ふたつの音はすぐに消えた。消えたけど、夕暮れの光の中に余韻《よいん》が残っている。

容保公は胡弓の弦に目をやったままいう。

「私には父がふたりおりましたが、ともに他界しております。会津の父は十年前に、高須の父はこの夏に亡くなりました」

実父は八月に亡くなったと、さっき小姓がいっていた。

「江戸の藩邸にいるときには、高須の江戸屋敷へ父を訪ねることもありました。朝から心が弾んで、まるで幼い子供みたいだな、と我ながら思ったものです。ですから、子守り子さんが親に会う日を待ち望んだ気持ちがよくわかります」

子守り子は家計のために奉公にだされた。容保公は徳川《とくがわ》一門のために、ほかの大名家へ養子にだされた。大名家へ養子にいくというのは、ある意味で奉公にいくのと似ているかもしれない。

「私は十二歳のときに、会津松平家へ養子に入りました」

十二歳というのは、ぼくたちの数え方だと十歳になるはずだ。十歳といったら小学校四年生。小さいときから殿様になる覚悟で生きていたんだね。

会津へいくまでは、実父の高須藩主・松平義建《よしたつ》公に学問教養、武術などを教えこまれたといわれている。

「以後、会津の人間になるようにと、会津の義父《ちち》から厳しく教えを受け、あれから十六年、会津の人間になれたのかどうか……今回、京都守護職を受けるときに、今までになく強く思いましたね」

容保公は茶室の低い天井を仰ぐ。でも、見ているのは、天井を通り越してもっとはるか遠くのような気がする。

「藩の財政が逼迫《ひっぱく》している、京都へまわす資金などない、というときに守護職を受けたら、遅かれ早かれ会津はたちゆかなくなる、と私にも家臣たちにもわかっていました。それなのに受けたのですよ」

容保公は自嘲《じちょう》的に笑う。

「私が養子だから受けたのだ、と面と向かっていわれたこともあります。幼少時代の十年間、私が会津の人間として育たなかった、ということがまわりの者たちの頭の中に常にあるのでしょう」

悔しいだろうに、お顔はいつもどおり穏やかで、雅《みやび》やかな会津中将《あいづちゅうじょう》・松平容保だった。

江戸時代の大名家では、養子をもらったり養子にだしたりするのは、よくあったことだ。

でも、養子に入った本人がどんな思いで過ごしたか、それは本人にしかわからない。

「大名家に生まれたことを呪いましたよ」

短い一言だったけど、容保公の今の気持ちがわかる気がした。

容保公が黙ってしまったので、茶室の中はシーンとなる。居心地が悪いわけではないけれど、静かすぎる。ぼくは小さい声でいった。

「京都守護職については、何回も断らはったとうかがってます。ご家中でも強い反対があった中で、よくぞご決断しはりました……」

これは眞之介の言葉だ。

「会津藩の現状を考えて、受けるつもりは全くありませんでしたよ。断り続けていたのですが……最終的には受けることにしました。受けたら大変な危険を伴うかもしれないと思いましたが」

やはり、危険を承知で受けられたのだ。

容保公がぼくを見る。深い湖底に沈む水のように、暗く密やかな瞳だった。

「どうして受けたか、わかりますか?」

歴史の本では、周囲に説得されたからだ、ということになっている。眞之介も、そんなことをいっていた。でも、ぼくに、容保公がどうして受けたのか、その心中がわかるわけがない。

ゆっくり首を振ると、容保公は静かな声で、一語一語かみしめるようにはっきりという。

「私の非力ゆえに周囲からの強力な要請を断りきれなかった、ということもありますが……密かに願っていることがあるのです」

容保公は言葉を切る。

密かに？　どんなことを願っていらっしゃるのだろう。

容保公は穏やかな表情で、澱看窓の外に眼をやる。外はだいぶ暗くなっている。茶室の中も薄暗くなっていた。

黙って次の言葉を待っていると、容保公は呟くようにいった。

「このままでは、戦国の世にまた戻ってしまう。この国の中で、人々が殺しあうことのない日が少しでも早くくるように……と」

語っていることは殺伐《さつばつ》としたことなのに、声は涼やかで、穏やかな横顔だった。

そういうお気持ちから、無理を承知で京都守護職をお受けになったとは。

たしかに、江戸に幕府ができる前は、日本の至る所で敵味方に分かれて殺しあいをしていた。

再び、そんな世の中になるのではないか、と容保公は心を痛めているのだ。

でも、それは、容保公だけでなく、この国のだれもが願っていることだったと思う。

容保公は低い声で言葉を続ける。

「苦難の末に決断し、ひとたび決めたからには迷わず前に進まなければならないのでしょうが……」

なにか、ものすごく迷っているように見える。

「なんぞ、お迷いごとがおありどすか？」

柔らかい物言いで邪魔にならないようにたずねる。

容保公はゆっくりとうなずいた。

「幕府は、この容保に守護職をやらせたかったわけではなかったのでは、という思いが、上洛してからときどき脳裏《のうり》をよぎるのですよ」

え？　そんなことを考えていらっしゃったとは。

「ほしたら、どなたに？」

「会津という藩にやらせたかったのです。会津の軍隊、会津の兵法が、幕府がほしかったものでしょう。ですから会津軍を指揮する者なら、だれでもいいのですよ」

自分のことを、まるで他人事のように淡々と話す。

「そうどすやろか。中将さまの兵は、中将さまやからついてきはるのやおへんか？　ほかの人やったら、京都までついてきはらへんと思いますえ」

返事はない。

しばらく沈黙があって、もの静かな容保公にしては強い語調でいった。

「万全を期して上洛したのに、ここへきて、幕府に裏切られた気がしている」

容保公の様子を見ると、眉根を寄せて、いつになくきつい表情をしていた。

幕府に裏切られたとは、穏やかではない。

「こちらにきてみたら、上洛前に聞いていたこととと、ことごとく違う。だれのいうことを信じていいのかわからなくなっている。幕府のいうこともあてにならない。そもそも、京都所司代《しょしだい》が、私の指示を無視する。江戸の老中のいうことなら聞く、と公言している。徳川幕府が一枚岩ではなくなっているのです。江戸と京都で意思の疎通がはかられていないのです。これでは、なにもできない。こんなことになるなど、思ってもみませんでした」

容保公は悔しそうに言葉を結んだ。

このあたりのことは、黒船以降の幕末関連の本にはよくでてくる。知識としては、ぼくも読み知っているけど、容保公はそのまっただ中にいる当事者なのだ。

容保公のいうことを聞かないという京都所司代は、名前だけで中身がなく、「老中になるための足がかりとして利用されるポスト」といわれている。そういう出世願望の役人は、京都のことを真剣に考えていなくて当然だろう。どうせすぐに辞して老中になるのだ、と思っているのだから。

「藩兵を会津へ戻したほうがいい、という意見もわが藩内ではいまだにでています」

容保公の言葉にうなずく。眞之介からも聞いている。

「それは可能なんどっしゃろか?」

ぼくがたずねると、容保公はなにか考えているのか、しばらく黙っていた。

やがて、ゆっくり頭を振る。

「可能なくらいなら、最初から上洛しなかったでしょう」

つまり引き返すことはできない、ということだ。

「わが藩には、将軍家に尽くせ、という家訓《かきん》があります。それを持ちだされると、なにもいえません」

藩祖の保科正之《ほしなまさゆき》公が決めたという、例の家訓だ。

この家訓を初めて読んだときは驚いた。会津藩には非情なもので、「幕府の非常時には、幕府のためにすべてを捧げよ」といってるようにも読めた。

「それは、会津がどうなろうとも、幕府を支えよ、ということになるのんどっしゃろか」

容保公が首を回して、改めてぼくを見る。

「面と向かって、そこまでいわれたのは初めてですね」

いってからフッと苦笑をもらす。

「おっしゃるとおり、保科公は、そのつもりで家訓を残されたのだ、と代々の藩主は解釈していたと思います」

「中将さまも、どすか？」

しばらく待ったけど、返事はなかった。容保公は少し身体をかがめて、暮れなずむ遠景に眼をやっている。

「保科公は頭のよい方やったと聞いています。けど、幕府のことしか考えてへん、会津のことはまったく考えてえへん、偏狭で身勝手な家訓のように思えますえ。保科公はほんまに会津を愛してはりましたのやろか？　愛してはったんやったら、こんな家訓は作らへんかったんやおへんか」

藩祖を批判するなど、打ち首ものかもしれない。でも、いってしまったよ。

幕府存続のためなら会津はどうなってもいい、という家訓はおかしい、と前から思ってた。そんな家訓、捨ててしまえばいい、と叫びたい。

自藩を犠牲にしてでも日本の悲劇を防ごうとした、といえばカッコいいけれど、会津戦争、白虎隊《びゃっこたい》、奥羽越列藩同盟《おううえつれっぱん》、など後々まで語られていく会津藩の一連の悲劇を思うと、殿様には民の命を守り、民の幸福を願ってほしいんだよ。

会津が、藩祖以来、幕府に対して特殊な位置にいた藩だったことは知っている。

でも、いいたい。歴史には逆行することだけど、鈴乃家の茶屋株は遠ざかるけど……。

「藩祖の保科公は二百年前のお方どす。今、幕府が置かれている状況をご覧にならはったら、なんといわはりますやろ。会津がどうなろうとも将軍家に尽くすように、といわはりますやろか」

容保公の返事はない。窓の外を見ないで、目をとじている。

「将軍家の力を持ってしても、西国の大名を抑えることができへんようになっているのどすえ。それを会津一藩の力でなんとかなるもんどっしゃろか。会津一藩が民と国士を犠牲にして奮闘すれば、今の幕府が立ち直れるんどっしゃろか」

容保公は指で額《ひたい》を押さえた。苦しそうな顔で眉根を寄せて目をとじたままだ。

「中将さまは、会津の民と幕府と、どちらをより大切に思ってはりますのやろか……」

いってから気がついた。今のは失礼な質問だったかもしれないと。

しばらく間があって、容保公は苦しそうに答えた。

「両方大切ですよ。片方だけ、ということはありえない」

そうだよね。馬鹿な質問をした。

容保公は額を押さえたまま顔をあげない。さっきからずっと眼をとじている。

ぼくがきついことをいったから、気分が悪くなったのかもしれない。病みあがりなのに、ぼくの不注意でまた寝こむことになったら……。

心配になって、膝を前に進めた。すぐ前に座ってたずねる。

「中将さま、ご気分が悪おすか？」

額から手を離して、容保公は顔をあげた。

血の気のない青白い額と頬にドキッとする。病みあがりの名残《なごり》が色濃く残る顔で、じっとぼくを見る。

え？　容保公が動いた、と思ったら、次の瞬間、肩を抱き寄せられていた。ぼくの頬は容保公の胸にある。容保公の腕がぼくの背中に回っていた。

「私には聞くも苦しい言葉でしたが、まさにおっしゃるとおり。まず、会津の民と国土を守るのが藩主たる私の務めであることに改めて気づかされました」

容保公は身体を離した。肩に両手を置かれ、まっすぐに見つめられると息が詰まりそうになる。この美しい人特有の黒い瞳は濡《ぬ》れているように輝いていた。

「わが藩のことを本気で憂《うれ》えてくれる人に、初めて会いましたよ。私の苦しみもあなたの言葉で救われた気がします。あなたに逢えてよかった……」

容保公はぼくの腕の中に身体を投げだすようにして、もう一度、ぼくを抱きしめた。

「ありがとう……」

会津中将・松平容保公に、ありがとう、といわれるとは泣いちゃいそうだよ。

「もったいないお言葉、うちは、なんのお力にもなれず……」

「あなたの愛らしいお声を拝聴し、かぐわしい花のようなお顔を眼にするだけで、私は救われているのですから、なにより力づけられているのです……」

隣の書院との境の引き戸が開いて、さっきの小姓が手燭《しゆしよく》を持って入ってきた。もう灯《あか》りが必要な時間になっているのか、と初めて気づく。

小姓は、容保公と舞妓《まいこ》が抱きあっているのを見ているはずなのに、まったく見えていない、という様子で、茶室の燭台に火を移していった。

燭台に灯っているのは、赤い模様がついた、華やかなローソクだった。

よく見ると白いローソクに赤い椿の花がたくさん描かれている。

容保公が身体を離した。ぼくが見ているローソクに眼をやる。

「きれいなローソクどすなぁ。燃えてしまうんが惜しおす」

ため息混じりにいうと、容保公がほほ笑む。

「会津絵ローソク。わが藩の特産物のひとつです。あなたにお似合いかと思って、用意しました」

容保公の説明によると、ローソクは漆《うるし》の実から作られ、椿だけでなく、いろいろな花の絵が描かれたものがあるという。

「冬、花がないときに花のかわりに仏壇に供えたり、婚礼のような特別な席で火を点《とも》して使われます」

容保公がローソクを見るときのお顔は、会津を思う慈しみにあふれて、お優しかった。

ローソクの揺れる炎に照らされて、おきれいな男性だな、と改めて思った。

頬の丸み、唇《くちびる》の優しい曲線、スッと通った鼻筋、まっすぐ見つめる黒い瞳。容保公を見るときは、自分が男であることを忘れているかもしれない。ただただ、おきれいな方だ、とため息がでるだけだ。

本陣を辞する時間が近づいたときに、訪ねてくれたお礼だといって、容保公から小さな包みをいただいた。会津の絵ローソクが入っているという。

「いつかこのローソクに火を点されたときに、会津という北の国を思いだしてもらえたら……」

容保公は穏やかな顔でほほ笑んでいた。

まるで惜別《せきべつ》の言葉のように聞こえる。

「もうお顔を拝見することもなくなってしまうんどっしゃろか……」

おそるおそるいうと、容保公は複雑な思いがつまった顔でうなずいた。

「年内にも会津へ帰ろうと思います」

小さな声だったけれど、なにかが吹っきれたような顔だった。

年内って、今日は二十九日だよ。明日か明後日に撤退するつもりなんだろうか。

「よくぞご決断しはりました」

「あなたがいったひと言で決めました」

え？　でも、そんな大層なことをいった覚えはないよ。

「うちがなにを」

「藩祖が今の幕府を見たら、と」

あ、いったよ、よそ者が藩祖のことに触れて生意気だったかもしれないけれど、いってしまったんだよ。

「二百年前と同じことをいうかどうか、と考えたとき、いわないかもしれない、と思ったのです。眼から鱗《うろこ》が落ちた思いでしたよ」

容保公は穏やかな顔でほほ笑む。迷いが吹っ切れた顔だった。

「保科公が残された十五条の家訓の四番目に、『婦人女子の言、一切聞くべからず』というのがあります」

え？　さっき、ぼくがいったことで決めたっておっしゃったけど、そんな家訓があるんじゃ、まずいよ。今のぼくは、婦人女子の範疇《はんちゅう》に入るよ。大丈夫なの？

ぼくの心配をよそに、容保公はほほ笑んだまま言葉を続ける。

「保科公は、世の中にはあなたのような婦人がいる、ということをご存じなかったのでしょう」

容保公はフッと眼を伏せて、またすぐに顔をあげてぼくを見る。

「藩祖の保科公は、本当に会津を愛していらっしゃったのだろうか、とおっしゃいましたね」

あ、たしかにいった。はなはだ失礼な物言いだったかもしれない。

「我々、会津の人間は口が裂けてもいえない言葉ですが、保科公がどうあれ、私は会津を愛していますから、国元へ帰ることにしたのです」

なんと、うれしいお言葉。うれしくて涙がでそうになっているのを必死でこらえる。

「うちもうれしゅおす。国元では、みなさまがお待ちになってはると思いますえ。鶴ケ城《つるがじょう》の満開の桜の下を、中将さまがお歩きになっているお姿が、目に見えるようどす」

容保公がぼくの両手を取る。

優しい眼差しでぼくをご覧になると、かすかにほほ笑んだ。

「その桜の下を、一緒に歩きませんか?」

「へ?」

一瞬、どういう意味なんだろうと思った。

容保公の頬はバラ色に輝いて、夕映えの町にも負けないほど美しい。病みあがりとは思えないきれいなお顔だった。

「一緒に会津へいきませんか? あなたがそばにいてくださったら、よりよき藩主になれそうな気がするのです」

ドキ。ぼくも会津へいく?

カーッと身体が熱くなる。

会津へいったら、ますます「ぼくの鈴乃家」へ戻れなくなりそうな気がする。うれしいけど困るよ。

「ありがたきお言葉、うれしゅおす」

「出発は、おそらく大晦日《おおみそか》になるでしょう。考えておいてください」

「へ、へえ」

深々とお辞儀をする。冬なのに汗びっしょりだ。

顔をあげたときには、容保公はいなかった。かわりにあのお小姓がいて、玄関まで案内してくれた。

お小姓は駕籠に乗るときに、ぼくに向かって頭をさげる。

「殿をよろしくお願いいたします」

「へ、へえ」

「よろしく」って、どういう意味だろう、と思いながら、ぼくも同じようにお辞儀を返した。


鈴乃家へ戻る駕籠の中で、容保公との語らいを思いだしていた。

容保公が会津へ帰る決心をしたなら、悲劇が少しは遠のくかもしれないと思うと、ぼくとしてはうれしい。

会津へ一緒に、と誘われてしまったけど、側近たちがなんというか。

「素性のわからぬものを連れていくのはおやめください」というのかもしれない。容保公も本気でおっしゃったのかどうかもわからないし、そのとき考えよう。

もし、ぼくの願いどおり会津軍が撤退したら、眞之介から依頼された仕事は成就できなかった、ということになる。茶屋株は手に入らないし、鈴乃家が年内につぶされることはほぼ確実だ。ぼくや母がこの世に生まれるのかどうかも怪しくなってきた。

でも、会津藩を悲劇に追いやって茶屋株を取り返すなんて、やっぱりぼくにはできない。茶屋株を取り返すなら、別な手を考えるよ。

成田屋が年内に鈴乃家をつぶすつもりで動いているのなら、もう新たな手を打つ時間がない。つぶされてしまうかもしれないけど、そうなったらそうなったで、また再興すればいいんだ。

眞之介とアヲさんには、別れ際に容保公が話してくださった帰国の決心については伝えなかった。

自分の部屋に戻って、お礼にもらった包みをあけてみた。

紙箱がでてくる。会津絵ローソクが二本入っていた。茶室で見た絵ローソクに比べるとだいぶ小ぶりで、長さは十センチちょっと、太さは親指より細い。黄色が鮮やかな菜の花と、淡いピンクのしだれ桜が描かれている。もったいなくて火をつけられそうにないよ。

菜の花も桜も、春の花だ。これらの花が咲くころ、容保公は会津にいらっしゃるのだろうか。

歴史では、容保公が会津に戻るのは、五年余りたってから、大政奉還も終わり、鳥羽伏見《とばふしみ》の戦いのあとになる……。

三十一日。大晦日。

祇園社の境内《けいだい》は、年越しと初詣の人たちで、混雑極まりない状態だった。美人饅頭はもちろん大繁盛。蒸し器の湯気は一日じゅうあがっている。

ぼくは昼間手伝って、夜は鈴乃家へ帰らせてもらった。

容保公は三十一日に会津へ帰るといっていた。会津へ一緒にいきませんか、ともいわれたのに、あれから、なにも連絡はなかった。

「なみ香」を会津へ連れていく、というのは軽い気持ちでいっただけで、本気じゃなかったのだ。

会津軍が国元へ帰ったのなら、町の噂《うわさ》になるだろうに、今のところ、そういう話は耳に入ってこない。

それより眞之介が真っ先に、「どういうことだ、話が違う」と血相変えてやってくるだろうに、なにもいってこない。

容保公はまだ京都にいらっしゃるのだろうか。

残らざるをえないなにかが起こったのか、それとも、出発できないほどお身体の具合が悪いのか。

だれかに聞くわけにもいかず、状況がわからないまま、悶々《もんもん》とした気持ちを抱えて新年を迎えることになった。

元旦はドカ雪だった。

京都は、こんなふうに、たまに大雪が降ることがある。

舞妓の仕事は普通なら三賀日は休みなのに、瓦版のせいで、休みにしてもらえない。ほとんどが「なみ香」目当ての客だから、「なみ香」がいないと客が怒るのだ。

それで、元旦から仕事。途中で昼休みを長くもらって、アヲさんと祇園さんへ初詣にいった。お願いすることは、三つ。

一、「ぼくの鈴乃家」へ戻れますように。

一、成田屋が持ってる鈴乃家の茶屋株が戻ってきますように。

一、容保公が無事に会津へ戻られますように。

第九章　宮中参内

翌日、二日。

もし容保《かたもり》公が京都にいらっしゃるなら、宮中へ参内《さんだい》する日だ。

雪は一日でやんで、今日は朝から晴れている。でも、道の両側には雪かきをした雪が積もっていて、それが、まだ溶けずに残っていた。

美人《びじん》御茶屋《おちゃや》の二階のお座敷は午後からなのに、超変則で朝から眞之介《しんのすけ》がお座敷を予約している。義兵衛《ぎへえ》さんもアヲさんも、なにも文句をいってないところをみると、予定外ということで、その分、眞之介は金を積んでいるのだろう。あいつ、金持ちそうだから。

予定外のお座敷を強引に入れるなど、いかにも眞之介らしいけど、「予定外」というところに胸騒ぎがする。それに、饅頭《まんじゅう》もお茶も酒もいらない、というのだから、ますます怪しい。

もしかして、黒谷《くろだに》本陣を訪ねたときに、ぼくが容保公にどんなことをいったか眞之介にわかってしまったんじゃないだろうか。ぼくが眞之介の指示に従わなかったというので、頭にきて怒りにくるのかもしれない。きっと、茶屋株は渡しませんよ！　と高飛車にいうんだろうよ。

眞之介からなにをいわれようと覚悟はできている。

美人御茶屋の二階で待ち構えていると、眞之介が現れた。いつになく険しい表情でお座敷に入ってくる。

やっぱりなにかあったのだ。こいつが厳しい顔をすると、ほんとに怖いんだよ。

お座敷で眞之介と向きあう。

眞之介は冷たい表情のまま、すぐに話を切りだした。

「黒谷へ見舞いにいったときに、あなたは会津《あいづ》中将《ちゅうじょう》になにか申しあげたようですが、私の指示とはかけ離れたことだったようですね」

やっぱりね、眞之介にはバレてたんだ。

それでも、とぼけてやる。

「なんのことどすやろ」

眞之介はにらむような顔でいう。

「会津軍の帰国など、私は依頼していませんでしたよ」

眞之介は怒りを抑えているのだろう。こめかみに青筋が立っている。

「あの、会津軍は、お国へ帰らはったんどっしゃろか……」

一番知りたいことを、おそるおそるたずねる。

「いいえ。黒谷本陣に今も在留していますよ」

え？　やっぱり、帰っていないんだ……でも、なんで！

「中将さまも、どすか？」

「ええ。中将も黒谷にいらっしゃいます」

なんと……この前別れるときに、会津へ帰ることにした、とはっきりいったよ。それが、帰らなかったのだ。

容保公からなんの連絡もなかったから、「なみ香《か》」を同行せずに帰国されたのだと思っていた。でも、もしかしたら京都に残ることになったのかもしれない、と思うこともあったけど……。

「ほしたら、宮中参内は？」

「本日、巳《み》の刻に行われます」

巳の刻というと午前十時くらいだ。そうなんだ……容保公は宮中参内するんだ。どうして帰るのをやめたのだろう。

ぼくが容保公と別れたのは二十九日。大晦日《おおみそか》に帰るつもりだといっていた。別れてから間もなくお気持ちを変えられたのだろうか。いったい、なにがあったのだろう。

ぼくの心を読んだように、眞之介が語り始める。

「会津中将が藩兵を連れて三十一日に帰国する準備をしている、という知らせが三十日の昼に入ったのです。そんなはずはない、と驚きましたね。あなたが首尾よく、やっているものだと思っていましたから」

そうか。そういうことか。

あのとき、容保公が下したご帰国の決心は固いように見えた。三十一日と、日にちまで考えていらっしゃった。それを、眞之介が気づいたのか。

「中将さまのお気持ちを翻《ひるがえ》らせたのは、眞之介はんどすか」

単刀直入にたずねたので、眞之介も一瞬返事につまる。

低い声でぼそっと答えた。

「いいえ、私ではありませんね」

「ほしたら、だれが」

眞之介は意地悪そうな目でこちらを見ていう。

「少し考えたらわかるはずですよ」

わからないから聞いているのに。

「この京都で、会津中将の上に立って、会津へ帰国するという固い決心をも覆《くつがえ》す力を持っている人物、といったら、ひとりしかいないでしょう」

ひとりしかいない？　容保公の上に立つ人物？

だれだろう。

あ……ひとりいる。でも、まさか……。

「この都で、中将さまの決意を翻すことができる人物いうたら……まさか『帝』……どすか……」

眞之介がうなずく。

「そうです。そのまさか、の『帝』ですよ。京都所司代《しょしだい》や奉行所が慰留《いりゅう》しても、中将は聞き入れない。中将の決意は予想もしないほど固かったのです。全軍撤退の準備をするようにと、すでに命令してしまっていましたからね。私も慌てましたよ。なんとしても阻止しなければ京都は収拾がつかなくなる。それが、江戸《えど》に飛び火して……」

その先はいわなかったけど、「幕府の崩壊へとつながっていく」というつもりだったんだろう。

「会津軍が帰国する前に食いとめなければと、あんなに動きまわった日は、今までありませんね。会津中将の気持ちを変えさせられるのは、もはや帝しかいない、と思いましたから。三十一日に帰国するつもりなら、その前に帝に拝謁《はいえつ》していただくしかない、と思ったのです」

その前に拝謁だって？　なんと強引な。

しかし眞之介らしいかもしれない。

「そこで、帝の側近の公家《くげ》たちの中でも、親幕府派の有力公家にお骨折りいただくことにしました」

「親幕府派」というのは、「幕府寄りの公家」ということだ。その反対に、アンチ幕府の公家もいる。

「ぎりぎりでしたが、三十日の夜になって、二日の宮中参内に先駆けて非公式な謁見が実現したのです」

なんと。非公式の謁見だって……あいた口がふさがらないよ。そんな裏技を使ったのか、眞之介は。

眞之介は口もとに余裕の笑みを浮かべていう。

「会津中将は禁裏《きんり》へ呼ばれて、帝から直々にお言葉をいただいたのです。都を頼むと」

え？　帝、つまり孝明《こうめい》天皇から直々に？　すごいよ。

ありえないことだ。天皇に拝謁するとき、直接言葉を交わすことはできない。あいだに「伝奏《てんそう》」という役職の公卿《くぎょう》が入り、言葉の中継ぎをしたからだ。

「会津中将は感極まって落涙されたそうです。京都守護職として、職務を全うすることを誓われたと聞いています」

なんと……体中の力が抜けていく。

孝明天皇のことは考えなかったよ。容保公が孝明天皇に拝謁するのは一月二日、それまでに帰国してしまえば大丈夫だと思っていたから。非公式の拝謁なんて、反則もいいとこだよ。

正月の宮中参内の直前に、容保公が孝明天皇と非公式に謁見しているというのは、今まで読んだ本の中にはでてきていない。そんな話は聞いたこともない。非公式だったから、本には載っていないのだろうか。

「本日行われるのは公式の参内です。いわば、公家衆へのお披露目ですね。あと半刻もすれば始まります」

半刻だってよ。現代の時間でいうと、半刻は一時間だ。すぐじゃないか。

「あなたは私の指示に従いませんでした。終わりよければすべてよし、といいたいところですが……」

眞之介は探るような目つきで、少し上目遣いにぼくを見る。

「そうもいってられない重大な問題がひとつありますのでね」

重大な問題？　なんのことだろう。

「いったい、黒谷本陣で会津中将になにを仕掛けたのですか」

「へ？　なにを仕掛けたとは？」

「帰国の際には、あなたを一緒に会津へ連れていく、と会津中将はいっていましたよ」

あ、そうすると、あれは冗談じゃなかったんだ。

眞之介は怖い顔でにらんだまま言葉を続ける。

「あなたは、どうするつもりだったのですか。会津へいって、会津藩主の継室《けいしつ》に収まるつもりだったのですか」

違うよ。そんなことは思ったこともないよ。「継室」というのは、庶民の言葉に直したら「後妻」だ。

「なにを勝手なことをいうたはりますねんや。うちは、鈴乃家《すずのや》のために舞妓《まいこ》の仕事をやらなあきまへんにゃ。会津へいくのんは、最初から無理な話どす。考えたこともありまへんえ」

「会津藩主の継室になれば、舞妓の仕事をやる必要もなくなりますよ。殿様の奥方様として、左団扇《ひだりうちわ》で暮らせるのですよ。『藩主の奥方』と『旗本《はたもと》の妻』では、格が違いますからね」

「旗本の妻」というのは自分の妻、ということなんだろう。

眞之介は真剣にいっているけど、内心、笑いだしたいくらいだ。ぼくは、眞之介の妻にも、容保公の継室にも、どっちにもなれないのだから。

「あの堅物の会津中将をそこまで虜《とりこ》にするとは、さすが、私が見こんだ舞妓・なみ香。実にすばらしい」

なにがすばらしいだよ。

「中将さまの心と身体を虜にするように、というたんは眞之介はんやおへんか」

「たしかに。しかし、会津にいってもいいなどといった覚えはありませんからね。会津にいかれては私が困ります。忘れたのですか？　あなたは私のものだということを。たとえ相手が容保公でも、渡すわけにはいきませんよ。近い将来、私の妻になる女性なのですから」

「眞之介の女になる」とはいったけど、「妻になる」なんて約束はしてないよ。

頭のいい眞之介だ。ぼくの正体、つまり男であることに気づいてないとしたら、気づくのも時間の問題だろう。男だとわかったら、妻になれ、なんていわなくなると思うけど。

眞之介はまだなにかいっていたけど、ぼくの頭は容保公のことを考えていた。

二十九日、二回目のお見舞いからさがるとき、容保公は会津へ帰る、とおっしゃった。上洛はしたものの、藩内の意志統一も危うかったし、財政的にも苦しいことはわかっていたから、本心は帰国したかったのだ。

ところが、眞之介が動いて非公式な謁見を実現して、孝明天皇が容保公の気持ちを翻させてしまった。容保公が京都守護職に就任したときの、幕府や公家の動きについては、いろいろな本で読んだ。ぼくの印象としては、周囲が、容保公と会津藩を自分たちに都合よく利用している、としか思えなかった。

容保公ご自身が、「自分は都合よく利用されている」と思っていたかどうかわからないけど、会津が抱える諸《もろもろ》の問題には目をつぶって、藩とご自身の身を挺《てい》して、天皇のために、京都のために、日本のために、動くことを決意されたのだ。

この決意が発端となって、会津の尊厳は、西国諸藩や幕府に踏みにじられることになる。ただ、孝明天皇に対しては、幕末関連本を読みあさったぼくも、「会津は孝明天皇から都合よく利用された」という印象は一度も持ったことはない。孝明天皇も大変な立場に立たされていて、一時も気の抜けない毎日を過ごしていらっしゃったに違いない。孝明天皇の写真、手紙の内容、筆跡などを見ると、だれかを利用する、など考えるような人ではなかったと思う。

ところが、やがて孝明天皇から明治《めいじ》天皇の御代になると、新しい天皇は手のひらを返したように、容保公や会津を「朝敵《ちょうてき》」とするのだ。朝敵、つまり「朝廷の敵」であると。

この朝廷側の豹変《ひょうへん》に対して、容保公は一切反論しなかった。豹変させたのは明治新政府であることがわかっていたからだろう。

このあたりの歴史を知ると、涙がとまらなくなる。歴史は勝者によって後世へ伝えられる、といわれている。負けた者の気持ちは、伏せられたままで終わることが多いのだ。

「なにを落ちこんでいるのですか。あなたの大好きな会津中将が京都に残ることに決めたのですよ。もっと喜ぶと思っていましたが」

眞之介は皮肉めいた口調でいう。

「なにか不満でも？　会津へいって、継室になるつもりだったのに頓挫《とんざ》したから怒っているのですか」

違うよ。どうしたらいいかわからないだけだよ。

眞之介はぼくの顎《あご》に指をかけて、ぐいと上を向かせる。

「な、なにしはるんどす！」

やめろよ！

いきなりそんなことするなんて反則だぞ。

上に向けられた顔のすぐ近くに眞之介の精悍《せいかん》な顔があった。

こんなに至近距離に互いの顔があったら、男だと見ぬかれるかもしれない。ヤバイよ。

手を放してよ。眞之介の指にぼくの手をかけて離そうとしてみたけど、ビクともしない。

眞之介が、フッとふてぶてしい笑みをもらす。

「指示したことと真逆のことをやる。可愛い顔して男心を手玉に取るのは朝飯前。まったく憎たらしい娘ですよ」

残念でしたね。「娘」じゃありませんからね。

憎たらしいといいながら、眞之介は口の端で笑っている。皮肉めいた笑いが、この男が持つ本来の色気を増幅させて、くそー、といいたくなるくらいエロかっこいい。敵ながら、脱帽だ。ぼくから見たら、憎たらしいのはそっちだよ。

「憎たらしい女はお嫌いどっしゃろ。うちを眞之介はんの女にするのはやめはったらどうどす」

眞之介は嫌いだから挑戦的にいう。

ニヤッと笑った眞之介が、人を小馬鹿にしたような口調でいう。

「私は普通の娘には興味はないんですよ。無性に心惹かれるのは、手がつけられないジャジャ馬娘。乗りこなす楽しみがありますからね」

あっかんべーをしてやりたい。「ジャジャ馬娘」というのがぼくのことなら、そう簡単に乗せるもんか。振り落としてやるから。

鋭い眞之介は「なみ香」の正体に気づいていて、わざとこんなことをいって面白がっているのか、それともバレていないのか、どっちなんだろう。

眞之介が、ぼくの顎から指を離した。

人の顔を、こっちの気持ちはまるで無視して勝手に触ったり動かしたりするのは、やめろよな。

「そんなに暗い顔をしていないで、もっと明るい顔をなさったら？　せっかくの美人が台無しですよ。これから、いいものを見せてさしあげましょう」

眞之介が立ちあがった。階下へ連れていかれる。

美人御茶屋の前に女駕籠《かご》が待っていた。

駕籠に乗せられて、どこかへ連れていかれた。どこにいくのか、教えてくれない。

しばらく駕籠に揺られていく。

どれくらい乗っていただろうか。駕籠がとまった。

「着きましたよ」

眞之介の声で外へでる。

雪がちらついていて、眞之介が傘をさしてくれる。

今、どこにいるのかわからない。

大きな門がある。これは見たことがある門だ。

「ここは？」

「御所の中立売御門《なかだちうりごもん》です」

烏丸通《からすま》に面している蛤《はまぐり》御門《ごもん》のひとつ北にあるのが中立売御門だ。

御所は、ぼくたちの時代では「京都御苑《きょうとぎょえん》」と呼ばれる公園になっているけど、目の前に広がる御所はまるで様子が違う。

昔は、今の「京都御苑」の中に「禁裏」と呼ばれる天皇の住んでいるところがあって、禁裏を取り巻くように公家屋敷が建ち並んでいたと聞いている。それが、まさに、目の前に広がっているのだ。

明治になって、遷都のときに公家たちも東京へ移っていってしまったので、公家屋敷は取り壊されて更地になった。それが、今の「京都御苑」だ。だだっぴろい砂利道も、昔は公家の家が建ち並んでいたところなのだ。

御苑の中に入るには九つの門があって、この時代は門を警護している侍がいるはずだから、だれでも中に入れるわけじゃない。でも、眞之介は門の中に入ることができるみたいだ。

「これから、どこへいかはるんどす?」

眞之介は、いつもと同じ、尊大で事務的な口調でいう。

「会津中将が参内する晴れ姿を、あなたにも見ていただきたいと思いましてね」

「へ? 参内する晴れ姿を見る?」

ぼくが驚くのは想定内、というように、眞之介はかすかな笑みさえ浮かべている。

「そうです。施薬院《せやくいん》から禁裏に入られるまで、中将は駕籠でいかれます。駕籠にお乗りになるまでとおりてからは歩かれますから、そのときお姿を拝見できます」

ぼくたちの目の前にあるのは施薬院という建物だという。幕府関係者は、参内するとき、ここで参内のための衣装に着がえるのだそうだ。中立売御門の北隣にある建物だ。

晴れ姿は拝見したいけど、ぼくとしては複雑な気持ちだ。ほんとは参内を阻止したかったのだから、慶《よろこ》びより落胆する気持ちのほうが強い。

ぼくに宮中参内を見せることが、この男の「勝利宣言」なんだろう。こっちは傷口に塩を塗られるようなものだというのに、眞之介に逆らうこともできない。

眞之介は、自分の意図したとおりになってホッとしているのか、険しい表情は消えていた。今まで気がつかなかったけど、少しやつれたように見える。この男も、この数日、苦労したのだろう。

施薬院のすぐ近くにある禁裏へ入る門の脇へ連れていかれる。檜皮葺《ひわだぶき》の屋根が載っていて、「公家門《くげもん》」と呼ばれているそうだ。

二十分くらい待っただろうか。

施薬院から容保公が乗った駕籠がやってきた。施薬院から公家門まで、徒歩でも二分とかからない近い距離だ。そういう短い距離も、殿様だから歩かないで駕籠でやってくる。駕籠の前後にはお供の行列がついている。

門の前で駕籠がとまった。中から容保公がでてくる。

お召し物は眼も覚めるような朱の衣。頭には長い尻尾のようなものがついた黒い冠をつけ、右手には剣を、左手には扇を持っている。平安時代の装束に似ていた。

眞之介の説明では、男子の第一礼装である束帯に準ずる「衣冠《いかん》」という衣装だという。衣冠の色は、位階によって決まっているそうだ。

容保公は公家門の前で立ちどまって、屋根を見あげる。菊のご紋がついた飾りを感慨深げな様子で、しばらくご覧になっている。

容保公は、今日はお顔も青白くなく、頰《ほお》には赤みが戻り、唇《くちびる》も紅を差したように赤い。ご自分で納得された上での参内なんだろう。形のいい唇をきりっと結んで、迷っているお顔ではなかった。

ぼくと眞之介が立っているところは少し離れているから、容保公がぼくたちに気づくことはないだろう。

参内姿を見物しているのは、ぼくたちだけではない。会津藩士たちも主君の晴れ姿を見守っている。黒谷で会った小姓の顔も見える。みんな頰が紅潮して、緊張しているのがわかる。

町人風の人々も集まっている。とにかく、見物人が多い。あちこちの公家の家の窓には、様子を見ている人たちの顔が見える。この様子では、今日の参内は評判になっていたのだろう。

さきほどからちらついていた雪が、少し気になるようになってきた、と思ったら、お小姓が容保公に朱傘をさしかけた。

重厚な御所の門、朱の傘、白い雪、そして、鮮やかな朱の装束、緊張した面持ちの美貌の貴公子。絵画を見ているように美しい光景だった。

「心洗われるように……お美しい……」

眞之介の口からも、思わず賛辞がもれる。

容保公が歩きだした。

宮中参内という名誉ある晴れ姿なのに、ぼくには悲劇に向かって歩みだす一歩だと思えて仕方なかった。見ていると涙があふれてくる。

いくら頑張っても、史実には逆らえない、ということなんだろうか……。

ぼくも眞之介も、ほかの人たちもみんな、身じろぎもせず見守っている。

京都守護職・会津松平《まつだいら》肥後守《ひごのかみ》は、遅からず早からず一歩一歩確かめるような足取りで進むと、禁裏へと入る公家門をくぐった。

とうとう始まってしまったね。

やがて会津の悲劇へと続く道へ足を踏み入れてしまったよ。

すべて承知の上で決められたのだろう。

近い将来、会津がどうなるかもわかった上で……守護職拝命のときと同じように。

容保公の後ろ姿は、禁裏の門の内に見えなくなった。

「そんなに悲しいことですか。容保公の宮中参内は……」

隣にいる眞之介が不思議そうにいう。

眞之介にはわからないんだよ。

「武家として、大変名誉あることだと思いますが」

そうかもしれないけど……説明することはできないよ。

容保公のお姿が見えなくなると、眞之介がひとりごとのようにいう。

「あなたは私の指示に従わなかった。それどころか逆のことをした」

そうだよ。ぼくは眞之介の指示に従わなかったんだ。報酬として用意されていた茶屋株を返してもらえるとは思っていないよ。

「あなたには見事に裏切られましたね」

いってから、眞之介はクスッと笑う。まるで裏切られたことを喜んでいるようにも聞こえる。

「が、結果としては私が望んだ形に落ち着きました。今回はその点を鑑《かんが》みて、報酬をお支払いしましょう」

「へ？　報酬をくれはるんどすか？　どのような？」

「鈴乃家の茶屋株です。すでに父からもらい受けて、今ごろは鈴乃家の女将《おかみ》の手に渡っているでしょう」

眞之介が眼を細めてぼくを見る。

「ほ、ほんまどすか？」

信じられないよ。眞之介がそんなに寛大なんて。

ぼくは指示に従わなかったんだよ。それでも、茶屋株を返してくれるというの？

真ん丸眼で眞之介を見つめる。

「鈴乃家を憎んでいるお父様が、よくぞ茶屋株を手放さはりましたな」

「そこは、奥の手を使ったのですよ」

え？　奥の手だって？

怖い言葉だな。いったい、なにをやったというんだ？

「どのような奥の手を？」

眞之介がニヤリと笑う。

「我々の祝言《しゅうげん》のお祝いにくださいませぬか、と父にねだったのですよ」

な、なんと。「我々の祝言のお祝い」とは。

眞之介が父親にねだる、というのもイメージできないけど、眞之介と「なみ香」の祝言はもっとイメージできない。考えようとするだけで頭がクラクラする。

「父は大喜びでくれましたよ。おまえの好きにせよ、とね」

眞之介は親を手玉に取ってるじゃないか。あの強欲そうなオヤジも、眞之介には甘いんだ。息子のいうなりになってるよ。

「私の好きにしていい、といわれましたので、今回は、茶屋株を鈴乃家に貸しだす、という形にします。所有者は私です。貸しだすのですから、あなたが中将と一緒に会津へいってしまったら、取りあげますよ。いいですね。そのつもりで」

眞之介は少しツンとした顔でいう。

「おおきに、お借りしてる、いう形でかましまへん。ほんまにおおきに」

借りてるでもなんでもいいよ。お茶屋が営業できるなら。

深く頭をさげる。

「あなたの仕事も、これで終わりました。鈴乃家へお送りしましょう」

眞之介は怒っているようでもあり、喜んでいるようでもある顔で、必要なことだけいう。

きたときと同じ女駕籠で、ぼくは祇園町《ぎおんちょう》の鈴乃家へ送ってもらった。

指示に従わなかったから茶屋株は無理だと思っていたのに、返してくれるとは。見たところは怖いけど、眞之介って、心根は見かけほど冷たいわけではないのかもしれない。

鈴乃家の前で、眞之介とは別れた。

家の中に入る。

さっそく女将を捜そう。茶屋株が返ってきた、というのが本当かどうか確かめるんだ。

一階には女将の姿はない。アヲさんはどこにいる？

二階にあがってみよう。

階段を三分の二くらいあがったところで、自分の足を踏みそうになった。

おっと危ない、と思ったら階段から足が離れた。

やばい、踏み外したか、階段落ちだ、身体中が痛いぞ、と覚悟した。

ガラガラ、ドタン、バタン。派手な音がした。


「いってえー」

脚立から落ちた。物置部屋の床の上に伸びている。

え？　どうしたんだ？

着ているものは着物じゃなくて、Tシャツにジャージーのズボンだ。

頭に手をやってみる。

髷《まげ》は結っていない。

そうだ。思いだしたよ。「慶応《けいおう》」と書かれた木箱を取ろうとして、脚立から落ちたんだった。

「なんや大きな音がしたけど、どしたん？」

母が戸口から中をのぞいている。

母だよ！

な、なんと、「ぼくの鈴乃家」へ帰ってきたんだ！　万歳だよ！

「脚立から落ちた」

「アホやな。頭打ったら大変やで。大丈夫かいな」

「頭は打ってないよ。尻が痛いだけ」

「あんたの尻やったら、大丈夫やわ」

母はいってしまった。

大丈夫じゃないよ、痛いんだから。

ここは「母がいるぼくの鈴乃家」だよ。

帰ってきたんだ。よかったー。

「幕末の鈴乃家」は、なんだったのだ？

脚立から落ちてここに寝転がっているあいだに見た夢だったのか？

もしそうなら、スリリングでステキな夢だった。会津中将・松平容保公も、写真よりはるかに麗《うるわ》しい貴公子だったし。

あれ？　ジャージーのズボンのポケットに、なにか堅いものが入っている。

なんだ？

手を突っこんで取りだしてみて、手が震えそうになった。小さな紙箱だ。

膝《ひざ》がガクガク震える。

箱をあけると和ローソクが二本入っている。未使用の、美しい絵が描かれた会津絵ローソク。黒谷本陣で、「なみ香」が容保公からもらったものだ。

しだれ桜と菜の花の絵。

この桜は、会津鶴ヶ城《つるがじょう》の桜かもしれない。

「その桜の下を一緒に歩きませんか」とおっしゃった容保公は、史実では、幕末期の動乱の京都を見守り、守護職の仕事を全うし、明治維新《めいじいしん》後に、やっと鶴ヶ城に戻ることができた。その鶴ヶ城も明治新政府軍に攻めこまれ、多くの藩士やその家族が亡くなるという新たな悲劇を生む。

「いつかこのローソクに火を点《とも》されたときに、会津という北の国を思いだしてもらえたら……」

そうおっしゃって、容保公はこれをくださったのだ。

赤い炎が揺れる会津絵ローソクを、慈《いつく》しみにあふれた優しいお顔でご覧になっていたね。

若き藩主は、「故郷」会津を愛し、会津のゆく末に心を痛め、会津の民と国土にとってよりよき藩主となることを目指しておられた。一緒に過ごした時間は、ほんの数時間だったけれど、そのお気持ちはしっかり伝わってきた。

「この国の中で、人々が殺しあうことのない日が少しでも早くくるように……と」

そう願って守護職を受けたのだとおっしゃった容保公の声が、今でも耳から離れない。

涙があふれてくる。

会津絵ローソクに描かれた桜の上に、涙がぽとんと落ちた。

鶴ケ城の桜に、春の雨が降るように。

――おわり――

あとがき

初めまして。オレンジ文庫では初めての奈波《ななみ》はるかです。

集英社コバルト文庫で十二年間続いた、「少年舞妓・千代菊がゆく!」シリーズが、一昨年、全五十四巻で完結しました。祇園《ぎおん》の舞妓《まいこ》さんの話でした。オレンジ文庫の新しい物語も舞妓さんが主人公の話です。

「千代菊シリーズ」の舞台は現代でしたが、今度は幕末を舞台にしました。

改めて幕末を勉強し直しまして、驚いたのは、私がこれまで知っていた幕末史観とはまるで違う見方の歴史が、現在は多数発表されていることでした。これまで私が学校などで学んできたのは「勝者の歴史」で、もうひとつ、「敗者の歴史」というものがあるのだ、ということを改めて知りました。

今回、幕府側、つまり明治維新《めいじいしん》の敗者の側から幕末および明治の歴史を調べまして、今まで知っていたつもりの幕末が、まるで違った様相を呈してきたことに驚きました。

長い間、日本が太平洋戦争に突入した理由を知りたい、と思っていたのですが、それが、幕末から明治維新を敗者の歴史から見たことで、自分的に少しわかった気がしました。今まで、なぜ日本は戦争をやったのだろう、と疑問だったのですが、目からウロコが落ちたように、「なるほど、これか」と思いました。

敗者の歴史は、勝者によって意図的に隠されるのが歴史の常のようですが、敗者の歴史も知る必要があると強く感じました。

この物語の中で主人公が見ている幕末の歴史は、主人公の立場から見たものであって、別な立場、別な解釈が多数あると思います。この物語で描いたものは、「ひとつの解釈」だと思って読んでいただけたら幸いです。

幕末といいますと、祇園町《ぎおんまち》や四条《しじょう》通は昔はどうなっていたのか、そのへんから調べる必要がありました。

幕末から明治にかけての祇園町や京都の花街、四条界隈《かいわい》などを長年研究していらっしゃる旅館・ギオン福住《ふくずみ》の支配人・正脇良平《まさわきりようへい》様には、お忙しい中、大変興味深い話を聞かせていただきました。また貴重な資料や本、写真などもお貸しいただき、ありがとうございました。

芸妓《げいこ》さんの美晴《みはる》さま、涼香《すずか》さま、富多愛《とみたえ》さまには、花街や芸舞妓さんのことについて教えていただきました。早川久美子《はやかわくみこ》さまには、幕末の会津《あいづ》藩の資料についてご助言いただきました。ありがとうございました。

さて、本作品の後半で、会津藩主・松平容保《まつだいらかたもり》公が登場します。

今回、幕末期の京都にくることになった容保公や会津藩の勉強をいたしました。容保公の居城があった会津若松《あいづわかまつ》へも行って参りました。

福島県の会津盆地にある会津若松市は、城下町の歴史と品格を現在もなお備えた、上品で美しい町でした。鶴ヶ城《つるがじょう》は立派な石垣や堀が今も残り、天守閣は雄壮でありながら優雅。城巡りが好きで、いろいろな城を見てきましたが、また訪ねてみたい城のひとつになりました。

初めて訪ねた会津若松でしたが、多数の会津のみなさまにお世話になりました。

作家の星亮一《ほしりょういち》先生、室井照平《むろいしょうへい》会津若松市長、庄司裕《しょうじひろし》様、岡田友子《おかだともこ》様をはじめ、ここには書ききれないほど多数の方々にお世話になり、本当にありがとうございました。

また、京都では、会津藩が本陣をおいた黒谷金戒光明寺《くろだにこんかいこうみょうじ》の西雲院《さいうんいん》で毎年行われる会津藩殉難者追悼《じゅんなんしゃついとう》法要に参列させていただきました。法要の祭壇には、会津絵ローソクが点《とも》されていました。西雲院住職・橋本周現様《はしもとしゅうげん》、ありがとうございました。

幕末における幕府および諸藩の動きを記した書籍や、会津藩や京都守護職関連の書籍、資料、および京都花街に関する過去の資料や写真などは、京都府立総合資料館、京都府立図書館、京都市左京《さきょう》図書館、京都大学附属図書館、国立国会図書館などが所蔵するものを多数参考にさせていただきました。

霊山歴史館、福島県立博物館、鶴ヶ城天守閣郷土博物館、会津武家屋敷、会津松平氏庭園御薬園の展示物、販売物なども参考にさせていただきました。

なお、登場人物の年齢は、数え、と記載のないものは満年齢を使っています。

現在、かつて容保公の京都における宿舎のひとつであった「京都守護職上屋敷跡」を発掘しています。場所は今の京都府庁が建っているところで、府庁は守護職上屋敷跡を使っています。

守護職上屋敷の中で、会津藩士たちが住んでいた宿舎跡が新たにわかった、とニュースになっていました。同じ場所から豊臣秀吉《とよとみひでよし》の時代の金箔の瓦なども発掘されたそうです。歴史が何層にも重なって埋まっているのですね。これからも、なにか新しい発見があるかもしれません。
この府庁の中庭には、「容保桜《かたもりざくら》」と名付けられた桜があります。満開の期間が短く、武士の生き様にも重なる、といわれています。
桜といえば、会津藩が本陣を置いた黒谷金戒光明寺も、春は見事な桜で彩られます。桜の時季ともなれば京都はどこへ行っても花見客でごった返していますが、黒谷さんには、いわゆる花見客はほとんど来ません。桜の下で静かに幕末に思いをはせたい方には、黒谷さんの桜はオススメです。

それではみなさま、また、おめにかかれますように。

見あぐれば天守まぶしき白壁はいにしへのときもおもひて蒼穹《そうきゅう》を切る

二〇一六年　夏

奈波　はるか

※この作品はフィクションです。実在の人物・団体・事件などにはいっさい関係ありません。

集英社オレンジ文庫をお買い上げいただき、ありがとうございます。
ご意見・ご感想をお待ちしております。

●あて先
〒101-8050　東京都千代田区一ツ橋2-5-10
集英社オレンジ文庫編集部 気付
奈波はるか先生

幕末舞妓、なみ香の秘密

集英社
オレンジ文庫

2016年8月24日　第1刷発行

著　者　奈波はるか
発行者　鈴木晴彦
発行所　株式会社集英社
〒101-8050東京都千代田区一ツ橋2-5-10
電話【編集部】03-3230-6352
【読者係】03-3230-6080
【販売部】03-3230-6393（書店専用）
印刷所　凸版印刷株式会社

※定価はカバーに表示してあります

ISBN 978-4-08-680099-0 C0193

集英社オレンジ文庫

木崎菜菜恵

バスケの神様

揉めない部活のはじめ方

中学時代、バスケに真剣になりすぎたことで、
部内で揉めて孤立した葉邑郁。
高校では部活に入らないと決めていたが、
郁のプレイを知るバスケ部部長が
しつこく勧誘してきて…?